清少納言

Sei Shonagon

圷美奈子

コレクション日本歌人選007
Collected Works of Japanese Poets

笠間書院

『清少納言』——目次

[凡例]…iv

1『清少納言集』の歌

◆言の葉
01 言の葉はつゆ掛くべくも…2
◆恋
02 いづかたのかざしと神の…6
03 身を知らず誰かは人を…8
04 我ながらわが心をも…10
05 濡れ衣と誓ひしほどに…12
06 わたの原そのかた浅く…16
07 よしさらばつらさは我に…20
◆旅・物詣で
08 ここながら程の経るだに…24
09 恋しさにまだ夜を籠めて…28
10 いづかたに茂りまさると…32
11 いつしかと花の梢は…36
◆陸奥
12 たよりある風もや吹くと…40
13 名取河かかる憂き瀬を…44
◆わが身
14 これを見よ上はつれなき…48
15 訪ふ人にありとはえこそ…50
16 月見れば老いぬる身こそ…52
◆今の世
17 あらたまるしるしもなくて…56
18 風のまに散る淡雪の…60
◆涙
19 忘らるる身のことわりと…62
20 心には背かんとしも…66
21 憂き身をばやるべき方も…70

2　『枕草子』の歌

◆鳥のそら音
22　夜を籠めて鳥のそら音は　…　74
◆元輔ののち
23　その人ののちと言はれぬ　…　82
◆空寒み
24　空寒み花にまがへて　…　84

3　ゆかりの人々の歌

◆中宮定子
25　みな人の花や蝶やと　…　88
26　夜もすがら契りしことを　…　90
◆一条天皇
27　野辺までに心ひとつは　…　92
28　露の身の風の宿りに　…　94
◆和泉式部
29　これぞこの人の引きける　…　96
◆小馬命婦（母の草子）
30　ちり積める言の葉知れる　…　98

『枕草子』段数表示　対照表　…　102
歌人略伝　…　105
略年譜　…　106
解説　「時代を越えた新しい表現者　清少納言」――圷美奈子　…　108
読書案内　…　114
【付録エッセイ】宮詣でと寺詣り（抄）――田中澄江　…　116

凡　例

一、本書は、平安時代の歌人「清少納言」と、そのゆかりの人々の歌三十首の解説である。

一、本書は、次の項目からなる。「作品本文」「出典」「口語訳」「鑑賞」「脚注」「略歴」「略年譜」「筆者解説」「読書案内」「付録エッセイ」。

一、本書の特色は、清少納言の人物像とその歌をめぐる新しい解釈にあり、広く、歴史的・文化的な状況の把握にも重点をおいている。

＊　家集『清少納言集』の歌については、内容に応じて、新たに見出し項目を立てた。配列の根幹は、『清少納言集』によるが、歌の順番は必ずしも家集のままではない。複数の歌を取り上げて鑑賞している例もある。

家集として、大きく二種類の本が伝わっているが、本書では、『新編国歌大観』（角川書店）にとられた、いわゆる「異本系」の本文によった。本文の欠字等を補い、もう一つの本「流布本系」の本文についても、適宜、紹介している。

＊　参考とする『枕草子』については、内容をめぐって、より細かい読みが可能となる本として、能因本系統「三条西家旧蔵本」によっている。段数の表示は、「三条西家旧蔵本」を底本とする、松尾聡・永井和子校注・訳『日本古典文学全集　枕草子』（小学館）の通り。

松尾聡・永井和子校注・訳『新編日本古典文学全集　枕草子』（小学館）と、石田穣二訳注『新版枕草子（上・下）』（角川ソフィア文庫）による段数表示を、歌集抄の末尾に「『枕草子』段数表示　対照表」として掲出している。

清少納言

01

言《こと》の葉はつゆ掛《か》くべくもなかりしを風に枝《し》折《を》ると花を聞くかな

【出典】清少納言集・二　［言の葉］

あだっぽい言葉を交わすなど、まったく思いも寄りませんでしたのに、今あなたが、女たちを残らずなびかせていると、まあ、花やかな噂《うわさ》を耳にしましたよ。

「葉」「つゆ」「風」から「花」まで、縁《えん》のある言葉（*縁語《えんご》）や、同音異義の語を利用した*掛詞《かけことば》で綴《つづ》る一首。「まったく」という意の「つゆ」という語には、草葉の「露《つゆ》」が掛けられている。

こうした機知的《きちてき》な、言葉遊びの歌は苦《く》もなく出てくる。「花」を、見るのでなく、「聞く」ものとして詠《よ》む表現の意外性も、清少納言らしい。

*詞書《ことばがき》に言う、この歌を詠《よ》み送った相手――恋文の椀飯振舞《おうばんぶるまい》をしているら

【詞書】くら人下りて内わたりにて、文得ぬ人々に文取らすと聞きて、風のいたく吹く日、花もなき枝に書きて

（蔵人を辞めてから、御所あたりで、普段、そんなものをもらいつけない宮仕え女房らに恋文をやっている

しい、元《もと》「くら人（蔵人）」とは誰のことだろうか。
『*枕草子《まくらのそうし》』には、「蔵人《くろうど》おりたる人」の風俗を評した記事がある（四〇段）。天皇近侍《きんじ》の蔵人として昇殿《しょうでん》が許される「六位の蔵人」で、従《じゅ》五位下《げ》に*叙爵《じょしゃく》し、殿上《てんじょう》を下りた者のことだ。『枕草子』に登場する中では、清少納言の夫 橘 則光《たちばなののりみつ》の同母弟、則隆《のりたか》などとは親しかったようだ（「職《しき》の御曹司《みぞうし》の立蔀《たてじとみ》のもとにて」五七段）。

また、天皇の命令で、蔵人二人、藤原実房《ふじわらのさねふさ》と源 忠隆《みなもとのただたか》が犬の「翁《おきな》まろ」を打ちのめしたのは、長保《ちょうほう》二年（一〇〇〇）三月のこととおぼしい（「上《うへ》に候《さぶら》ふ御猫は」七段）。清少納言が仕《つか》えた后《きさき》、*藤原定子《ていし》は、第三子の出産によって、その年の十二月十六日、数え年二十四歳の若さで世を去る。清少納言も、そののち宮中にとどまってはいなかった。彼ら、当時の「六位の蔵人」たちは、みな長保三年（一〇〇一）から寛弘《かんこう》二年（一〇〇五）の間に叙爵している。

忠隆は、定子亡《な》きあと、*一条《いちじょう》天皇の使者として、*摂津《せっつ》に下った清少納言を訪ねた人物である。そのとき摂津は、清少納言の再婚相手、藤原棟世《むねよ》の任《にん》国《ごく》であった。忠隆が携《たずさ》えて来たのは次の言葉である。

津の国にあるころ、内の御使ひに忠隆を

と聞いて、風がひどく吹く日に、花もない枝に付けて書いて、詠んだ歌）

*縁語―歌の中のある言葉と、つながりの深い言葉。

*掛詞―一つの言葉に、別の意味の言葉を重ねる技法。読みが同じで意味が異なる、同音異義の語を利用する。

*詞書―歌が詠まれた状況などを説明する短い文。

*枕草子―清少納言による、初めての随想の文学。長徳二年（九九六）秋に一部が流布し、長保二年（一〇〇〇）十二月の皇后定子の死後に完成。

*叙爵―爵位（位階）を得ること。特に、初めて五位に叙せられること。

*藤原定子―一条天皇の后。正暦元年（九九〇）中宮、十四歳。長保二年（一〇〇〇）二

世の中を厭《いと》ふなにその春とてや　（清少納言集・一二三）

――（皇后亡き、今の）世の中を避け嫌って住むというわけだろうか、そこ難波《なにわ》の春は（どんなだろうと）……。

歌の*上《かみ》の句のみが伝わる形であるが、このままで問いかけのようにもなっている。「なに（何）その春」に、「難波の春」が掛けられていよう。応じた清少納言の歌は、「潟《かた》」に「難《かた》し」を掛ける。

逃《のが》るれどおなじ難波の潟なればいづれも何か住吉《すみよし》の里（二一四）

――こうして逃れ出て来てはみましたが、同じく生き難いこの世です。都も、ここ住吉も、どうして住み良いことなど……。

『枕草子』には、定子が詠みかけ、清少納言がそれにつづけて付け答えた主従合作《しゅじゅうがっさく》の*短連歌《たんれんが》が記しとどめられている。次はその一つ。

みかさ山やまの端《は》明けし朝《あした》より（定子）

雨ならぬ名のふりにけるかな（清少納言）

――三笠山の山の端が明けたその朝から（「三笠」に「傘」を掛け、男が出て行った朝から、の意）。

――雨ならぬ私の名前が「旧《ふ》る」く（雨が「降る」と掛ける）なって

月皇后、十二月崩御、二十四歳。

＊一条天皇―六十六代天皇。名は懐仁《やすひと》。寛和二年（九八六）即位。寛弘八年（一〇一一）六月十三日譲位、十九日出家、二十一日辞世詠出（28参照）、翌二十二日崩御、三十二歳。

＊摂津―旧国名。「津の国」。現在の大阪府から兵庫県の一部にかけた地域。

＊上の句―五・七・五・七・七の三十一音によって成る和歌の前半部分。初句から第三句まで。後半の二句（第四句と結句）を下の句という。

＊短連歌―歌の上の句と下の句の部分を二人で付けつづけて、一首を合作する形。

しまいました。あらぬ噂《うわさ》が広まって……。

（「細殿《ほそどの》にびんなき人なむ、暁に傘させて出でけるを」二二五段）

あるときのこと、御所内《ごしょ》には不都合な男が、暁方《あかつきがた》、従者のさす傘に隠れて出て行ったという噂が立った。清少納言にとっては、的外《まとはず》れな中傷である。そこへ定子から、〈人の姿は見えず、手だけに大傘を握らせた〉ユーモラスな絵に添えて、「三笠山」の句が届いたのだ。清少納言も大雨の絵を描き、「雨ならぬ」の句を添《そ》えて返す。定子の「傘」が、清少納言を救ったのである。

ここで大事なのは、定子自ら、「ひどい濡れ衣《ぎぬ》なのですよ」と述べる機会を清少納言に与えたことである。定子の、聡明《そうめい》にして心優しい人柄が伝わる。清少納言のために、今、都から遣《つか》いを出した天皇の思いもまた深い。

先の元蔵人に宛《あ》てて、清少納言は、もう一首詠んでいる。

春秋《はるあき》*は知らぬ常磐《ときは》の山河は猶《なほ》吹く風を音《おと》にこそ聞け（三）

――春秋の花やかさとは無縁の、代わり映《ば》えのしない世界に住む私ですが、宮中での噂話は、今も風の便りに聞き知っていますよ。

本書の歌集抄は、この「言の葉」の歌から始めることにする。清少納言の娘小馬《こま》の歌（30）との関わりも考えられる一首である。

*「春秋は」の歌―家集の、もう一つの伝本（流布本）によれば、この歌は、「言の葉」の歌に対する、相手からの「返し」ということで、二首は贈答の形になる（30参照）。

02

いづかたのかざしと神の定めけんかけ交《か》はしたるなかの葵《あふひ》を

【出典】清少納言集・九　［恋］

いったい誰のかざし（挿頭）――相手と賀茂の神は定めたのでしょう、互いに誓い合った仲の、今日の葵《あおい》（逢ふ日）であるのに。

家集《かしゅう》に伝わる恋のかけひきや、裏切りにまつわる歌の奥には、なかなか言い表わせない本音《ほんね》がひそんでいておもしろいが、この歌に詠《よ》みこまれた「葵《あふひ》」（京の賀茂社《かもしゃ》、陰暦四月の祭礼「賀茂祭《かもまつり》」の挿頭《かざし》に用いる二葉葵《ふたばあおい》）こそ、男女の「逢《あ》ふ日《ひ》」と重なって、王朝時代の恋の象徴とも言うべき景物《けいぶつ》であった。

藤原実方《さねかた》（12参照）と清少納言と、清少納言の娘小馬《こま》（30）の三人には、特に、終わってしまった恋の象徴《しょうちょう》として、「枯《か》れた葵」を謳《うた》う表現がある。

【詞書】女のおとどに住むと聞くころ、蔵司の使ひにて、祭の日、たつともろともに乗りて、物見ると聞きて、またの日、

（妻の妹と暮らしていると いう噂を耳にするころ、その男が、内蔵寮の勅使として、賀茂祭の日、出立にあたり、その妹と一緒に車に

「枯れた葵」は、男女離《か》れ離《が》れの姿と重ね合わされ、別れの象徴となる。
実方は、賀茂祭の当日、昔の恋人に、「枯れた葵」を贈《おく》って詠んだ。

古《いにしへ》の葵《あふひ》と人は咎《とが》むとも猶《なほ》そのかみの今日《けふ》ぞ忘れぬ

――もう、終わったことだと咎められようとも、私はやはり、その昔の今日の、あなたとの逢瀬《おうせ》が忘れられないのです。

この歌は『*新古今《しんこきん》和歌集』恋四にとられている。女の返歌《へんか》も伝わる。

*枯《か》れにける葵のみこそ悲しけれあはれと見ずや賀茂の瑞垣《みづがき》

清少納言は、昔を懐かしむ人間の心情について描き出す「過ぎにし方《かた》恋しきもの」の段に、過去の恋の象徴として、「枯れたる葵」を掲《かか》げた（『枕草子』三〇段）。忘れられぬ懐かしい恋の記憶の一つには、実方との思い出もあったろう。『*後拾遺《ごしゅうい》和歌集』雑《ぞう》二にとられた小馬の歌「*その色の草とも見えず枯れにしをいかに言ひてか今日は掛くべき」は、さらにわが娘のために代作《だいさく》したもので、長く通って来なくなっていた相手からの誘いをいなす歌。
時は移って、*兼好《けんこう》法師が愛惜《あいせき》してやまなかった「後《のち》の葵」（『*徒然草《つれづれぐさ》』一三八段）こそ、過ぎ去った王朝《おうちょう》の世の形見《かたみ》であった。
以下、家集から、恋の歌を選んで見ていく。

乗って見物をすると聞いて、翌日、詠んだ歌）

*新古今和歌集―後鳥羽上皇の院宣《いんぜん》によって編集された、八番目の勅撰和歌集。撰者は藤原定家ほか、元久二年（一二〇五）、撰進。

*「枯れにける」の歌―まさに、この枯れた葵の葉のような私たちの仲ほど悲しいものはありません。賀茂の神様が哀れまないはずがございましょうか。

*後拾遺和歌集―応徳三年（一〇八六）、成立。白河天皇の勅命《ちょくめい》によって編集された、四番目の勅撰和歌集。

*「その色の」の歌―すっかり枯れ果てて、もう、葵の葉とも見えないものを、いったい何と言って、今日、掛けかざしたらよいのでしょう（すっかり離れ果てたあなたと、今日、なんと言ってお逢いしたらよいのでしょうか）。

*兼好法師―21参照。

*徒然草―21参照。

03

身を知らず誰《たれ》かは人を恨《うら》みまし契《ちぎ》らでつらき心なりせば

【出典】清少納言集・五　［恋］

身をわきまえず、いったい誰が、約束もしていない相手の薄情を恨んだりするでしょうか（あなたに恨まれる筋合いはありません）。

なかなかに手厳《てきび》しい詠《よ》み口である。

しかし、こちらにその覚えがないのに、いきなり恨《うら》み言《ごと》を訴えて来られたのだから、仕方がない。一方的に言い寄って来て、執拗《しつよう》につきまとう男というのが、ときどきいたようである。『枕草子』にもそんなシーンがある。

もっとも、追えば逃げ、逃げれば追うのが恋の力学かもしれないが。

*『拾遺《しゅうい》和歌集』にこんな歌がある。恋の終わりの「秋」の歌だ。

【詞書】などありし返り事に（などと詠んであった手紙の返事として、詠んだ歌）

*拾遺和歌集―寛弘三年（一〇〇六）頃、花山院《かざんいん》の時代に編集された、三番目の勅

秋風を背《そむ》くものから花薄《はなすすき》行く方《かた》をなど招《まね》くなるらん

撰和歌集。

――吹いてくる秋風には顔を背けるくせに、なぜ、吹き去っていくほうには、おいでおいでするのだろう、花薄さんよ。

さて、その男は、清少納言に懸想《けそう》して（好意を寄せて）いたらしい。清少納言も聞いて知ってはいたが、本人が訪ねて来るのは相手にせず、放っておいたところ、ある朝、男が恨み言を詠んで寄越《よこ》したのだ。

聞くことのあるころ、たびたび来《く》れども、ものも言はで帰す、恨みて、つとめて*

いかばかり契《ちぎ》りしものを*唐衣《からころも》きても甲斐《かひ》なし憂《う》き言の葉は

（清少納言集・四）

――あれほど固く誓い合ったというのに、こうして逢いに来ても、つれない言葉ばかりで、甲斐がないことだよ（私たちが交わした約束はいったい何だったのですか?）。

もっとも、勝手に恨んでみせるのも常道《じょうどう》で、やり取りはつづく。

男は、まず、知らぬふりを決めこんでいた清少納言の文《ふみ》（返事）を得ることに、成功したわけである。

＊つとめて―早朝。特に、何か事のあった翌朝。

＊唐衣きても―「唐衣」は、「着《き》（る）」にかかる枕詞。「着」と「来《き》」を掛ける。

04

我《われ》ながらわが心をも知らずしてまた逢《あ》ひ見じと誓《ちか》ひけるかな

【出典】清少納言集・六　［恋］

私は、自分で自分の気持ちがわからずに、あなたとはもう二度と逢わないと、そう誓ってしまったのですよ。

【詞書】同じ人に逢ひて、誓言（ちかこと）立てて、「さらに逢はじ、ものも言はじ」と言ひて、またの日（その同じ人に逢って、誓いを立てて宣言して、「もう絶対に逢わない、口もきかない」と言って、その翌日、詠んだ歌）

家集には「思《おも》はじとさすがにさるは返せども従《したが》はぬはた涙なりけり」（四一）という歌もある（20参照）。その初句《しょく》の「思はじ」も、この歌の「逢ひ見じ」と同じように、恋愛関係にある相手の男に宣言したものと見てよいだろう。

ここは、前の歌（03）からの関係である。一度心を動かし、言葉を交わしてしまったそのあとの話だ。

『枕草子』のほうでは、「いであはれ、また逢はじ」(ああもう嫌《いや》だ、二度と逢うまい)と思った男に、その後出合っても、「どうせ心ない人なのだから…」と思って見るので、何を思われていようと、まったく気にならない、と言っている(「はづかしきもの」一二八段)。

それもまた真実であろう。気が引ける思いそのものより、下心がちらつく、あさましい行為こそ、気が引ける(はずかしい)ものだという論旨《ろんし》と見え、主題が異なるのである。

本当はまだ愛しているのに、つい、もう逢わないなどと言ってしまう…。恋愛中にはありがちなことと言えるが、それを、たくまざる風情《ふぜい》でさり気《げ》なく歌にしてしまうあたり、新しい感覚と言えるかもしれない。清少納言は、「我」と「わが心」と、二つながら相矛盾《あいむじゅん》する人間の心の働きに目を向けている。

この歌は、時代を経て、『*続後撰《しょくごせん》和歌集』の恋三にとられている。家集では、ある男との一連のやり取りという形になっていて、他の伝本《でんぽん》(流布本《るふぼん》)では、さらにもう一首、男の歌*がつづく。恋の結末めいたことを知らせる、後日譚《ごじったん》である。

*続後撰和歌集―後嵯峨上皇の院宣によって編集された、十番目の勅撰和歌集。撰者は藤原為家、建長三年(一二五一)成立。

*男の歌―流布本・五「今日までもあるがあやしさ忘られし日こそ命の限りなりしか」(今日までこうして命ながらえているのが不思議なくらいです。あなたに忘れられたあの日こそ、私の命の終わりだったのだから)。

05

濡《ぬ》れ衣《ぎぬ》と誓《ちか》ひしほどにあらはれてあまた重《かさ》ぬる袂《たもと》聞くかな

【出典】清少納言集・八　［恋］

「事実無根の、濡れ衣です」と誓ったそばから、事実はおもてざたになって、まあ、どうでしょう、あなたがその女性《ひと》と、多くの夜を重ねていると聞きました。

ほかの女性との噂《うわさ》が立ったとき、浮気の否定に必死だったというその男は、誰であったろうか。

清少納言について、『枕草子』に書かれていることや、家集の歌などを通して想像する限り、男女のことに拘泥《こうでい》して鬱々《うつうつ》と日を過ごす妻としての姿は、浮かんでこない。

生《お》ひ先なく、まめやかに、えせ幸《ざいは》ひなど見てゐたらむ人は、いぶせ

【詞書】人語らひたりと聞くころ、いみじうあらがうを、みな人言ひ騒ぐを、まことなりけりと聞き果てて

（相手の男が、ほかの女性と付き合っていると耳にするようになったころ、本人は猛烈に否定するのだが、人がみな取り沙汰するの

く、あなづらはしく思ひやられて、なほ、さりぬべからむ人のむすめなどは、さしまじらはせ、世の中のありさまも見せならはさまほしう、内《ない》侍《し》などにてもしばしあらせばやとこそおぼゆれ。　（二一段）

を、「ああ本当なのだ」とすっかり聞いて知ってしまって、詠んだ歌）

——将来の見通しもなく、ただ地道に、ちっぽけな幸せの中に安住している人というのは、うっとうしく、軽蔑《けいべつ》したくなるような気がして、やはり、然るべきところの娘などは、人づきあいをさせて、世の中の様子も見せて馴れさせたく、内侍*などにでも、しばらくしておきたいものだと感じる。

＊内侍―後宮の中心的役所である内侍司《ないしのつかさ》の女官。

こう言って始まる「宮仕えのすすめ」は、有名である。千年の昔に、「働く女性」を擁護《ようご》し、地位の向上を訴える、新しく興味深いエッセイだ。世間に立ち交《まじ》って働く女性を「軽薄だ」と非難する男性たちに対しては、何でもよく心得ていて、やたらと人に尋ねたりしないのが、本当に「奥ゆかしい」ことなのだと言ってしめくくる。

恋も仕事も、多くの経験を積んで冴《さ》えた感覚を持つ。知的で自立《じりつ》した女性というのは確かに理想的だが、さて、恋人の浮気を知ってしまったときには、どう対処したものだろうか。

歌は、「濡れ衣だ」と誓った、男の言い訳《わけ》をそのまま詠《よ》みこんで始める形ながら、「濡れ衣」「洗はれて」「重ぬる」「袂」と、「衣《ころも》」に縁《えん》のある言葉で繋《つな》ぎ、「濡れ衣」などと言うそばから、事実が「露見《ろけん》する」――「洗はれて」と「顕《あらは》れて」を掛ける――と洒落《しゃれ》る機知は、さすが、見事と言えよう。

嘘《うそ》をつき、隠そうとするほどに現れ出る真《まこと》。

皮肉な事実であるが、世の中の真理をとらえて、清少納言らしい詠み口である。

『枕草子』のいろいろな章段には、男女の恋模様が上手に切り取られていて、いつの世も変わらぬ人間のありようについて考えさせられる。

例えば、「苦しげなるもの」（いかにも苦しそうなもの）の例として、「やたらと疑《うたぐ》り深い男に、たいそう愛されている女」というのを挙《あ》げている。

わりなく物疑《うたが》ひする男に、いみじう思はれたる女。（一六一段）

また、「妬《ね》たきもの」（癪《しゃく》にさわって憎らしいもの）の段（一〇〇段）の最後に挙がる恋人どうしの小諍《こいさか》いなどは、とてもリアルでおもしろい。

あるとき、二人一緒の夜具《やぐ》で寝ていたところ、何かちょっとしたことが原因で、女が腹を立て始める。

「一緒に寝てなどいられない、抜け出そう」と身じろぎするのを、男がそっと引き寄せるが、頑《がん》として聞かない。女の強情《ごうじょう》にあきれた男は、「それでは、お好きなように」と言って、引きくるまって寝てしまう。

いざ、寝床《ねどこ》の外に出た女は、裏なしの薄い着物一枚くらいの格好《かっこう》で（これが寒い折《おり》だと大変…）、そんな姿のまま、人がみな寝静まった中、ひとり怒って座《すわ》っているのも変だろうし、夜が更《ふ》けてくるにつれて、ますます、いまいましい。さっきの勢いで、出て行ってしまえば良かったなどと思って横になっていると、邸《やしき》の奥のほうからも外からも、何やら得体《えたい》の知れない物音が聞こえてきて、恐ろしくなる。

たまらずに、やおら、男の隣《となり》に転がり込むが、寝たふりをされて、それがまた癪にさわる。

さて、清少納言も、この歌を詠《よ》みながら、心のうちでは、「初めから、本当のことを言ってほしかったのに」と思っていたかもしれない。

そういうのも、やはり嫉妬《しっと》のうちであろうか。

さらに、恋愛にまつわる歌を見ていく。家集は、その冒頭の歌（19）から、恋の雰囲気を漂《ただよ》わせて始まっていた。

06

わたの原そのかた浅くなりぬともげにしき波や遅きとも見よ

【出典】清少納言集・二一　［恋］

あなたへの思いが浅くなり、便りが間遠《まどお》になってしまっても、それこそあなたのお望み通り、（和歌を）遠慮《えんりょ》しているものと、どうぞ、そうお思いなさいよ。

【詞書】語らふ人の、「この道ならずは、いみじく思ひてまし」と言ひたるに（恋人の男が、「この道――和歌のやり取りなどということさえなければ、君をもっともっと愛するのに」と言ったので、詠んだ歌）

この歌には、

語らふ人の、「この道ならずは、いみじく思ひてまし」と言ひたるに

という詞書《ことばがき》がつく。「語らふ人」とは、交際中の相手のことである。清少納言の恋人である男が、「この道」のことさえなければ、君をもっともっと愛するのに…と言ったのだそうだ。

名は記《しる》されていないが、やり取りの相手は、どうも、初めの夫、＊橘則《たちばなののり》

光《みつ》らしい。一度、夫婦の縁は切れていたものの、今また宮中《きゅうちゅう》で顔を合わせるようになった。仲《なか》は良かったと見え、二人は兄妹分《きょうだいぶん》ということで通《とお》っていた。御殿《ごてん》では、みな、*司名《つかさな》で呼ばれるのが常であるのに、則光は、「兄うえ」（せうと）と呼ばれ、そのあだ名は、一条天皇まで知るところであった（『枕草子』「頭中将のそぞろなるそら言にて」八六段）。実際、彼はいつでも、わがことのように、清少納言について心配していた。

*則光は、伝わるところ、気は優《やさ》しくて力持ちというタイプの男であったようだが、最大の弱点として、何より嫌いなものが「和歌《わか》」だった。特に、謎かけのような少しひねった会話が苦手で、肝心《かんじん》のところで少し間《ま》が抜けて見えた。「里にまかでたるに」の段（八八段）は、『枕草子』の*日記的章段中、二人の関係を中心に語るものとして珍《めずら》しく、興味深い。

彼の持論《じろん》では、「僕のことが好きなら、歌など詠《よ》んでくれるなと思う。そういう人はみな自分の敵《かたき》だ。もうお別れ、これが最後と思ったときに、詠めばいい」ということであった。しかし、清少納言には「兄妹分のよしみをいつも忘れずにいてほしい」とも言っていた。

価値観の相違、というのであろうか。はたから見ればささいなことかもし

*橘則光—康保二年（九六五）頃の生まれか。父は、橘氏の氏長者敏政、母は花山院の乳母《めのと》。一条天皇の蔵人、修理亮、左衛門尉を勧め、遠江守、土佐守などを経て、従四位上陸奥守に至る。没年未詳。

*司名—官職名。

*則光—彼の武勇伝は、『今昔物語集』（巻二三・第十五話）などに見える。

*日記的章段—主として、定子後宮（サロン）のある日のできごとについて記す章段。

れなかったが、こじれてしまった。和歌を詠むのは別れるときであったはずだが、清少納言は、こんな歌を詠み送った。

崩《くず》れする妹背《いもせ》の山のなかなればさらに吉野《よしの》の川とだに見じ

――私たちの関係は、すでに修復《しゅうふく》不可能。この上は、もう、仲が良かった人とも思いますまい。

則光からの返事はなかった。読んだかどうかもわからない。その後、叙《じょ》爵《しゃく》して殿上《てんじょう》を下りたのも、清少納言にとっては、おもしろくなく、二人の仲はそれきりになってしまった。則光は、遠《とおつ》江《おうみ》（遠州《えんしゅう》。現在の静岡県西部）の権守《ごんのかみ》に任じられたらしい。「とほたあふみの介（すけ）」は、次官で、一段低い職位。

さて、*かうぶり得て、とほたあふみの介などといひしかば、憎くしてこそやみにしか。

『枕草子』中、その後の則光に触れる記事が見られるのは、息子則長《のりなが》と恋仲にあった「ある*女房《にょうぼう》」のために、清少納言が、息子宛ての文《ふみ》を代作してやったときの話である。則長のことを「遠《とほっ》江《あふみ》の守《かみ》の子」と記し、その「守」――「神」にかけ誓わせる趣向の和歌を詠んだ（11参照）。

*かうぶり得て―六位の蔵人が、叙爵して蔵人を辞めること。

*女房―御所や貴族の邸に出仕する女性。

さて、この家集の歌だが、初句の「わたの原（海の原）」や、また「わたつ海」など、「海」は、思いの深浅《しんせん》を言うときにもよく用《もち》いられる。詞書の「この道」が和歌の道で、則光などのセリフであるとすれば、そろそろ二人の仲が悪くなりかけたころのことであろうか。

「この道」のことさえなければなぁ…と言う男に対し、その道ならぬ、その潟《かた》が浅くなってしまっても、まこと、好都合、ただ和歌の「しき波」（次々としきりに寄せる波）がなかなか寄せて来ないなとだけお思いなさい、と詠んだ。和歌が天敵《てんてき》だという相手に対し、あえて、縁語《えんご》と掛詞《かけことば》ばかりの歌である。意味も簡単にはわからない。

「この道」より何より、大切な「その方《かた》」――愛情が浅くなるのをご存じない…と、言い返したのだが、通じたかどうか心もとない。

ほかの伝本《でんぽん》（流布本《るふぼん》）の詞書によれば、男は、「いもうとの、この筋ならましかば、思はざらまし」と言ったことになっている。「君が和歌一筋の人でなくて良かった。だからどうぞ…ね」という意味になるが、清少納言の場合、そう言うのも当たっている。ここでは、清少納言のことを「いもうと」（妹）と呼んでいる。

07

よしさらばつらさは我《われ》に習ひけり頼《たの》めて来《こ》ぬは誰《たれ》か教《をし》へし

【出典】清少納言集・四二　［恋］

ええ、それならば、あなたのつれなさは私に学んだものなのでしょう。では、あてにさせておいて来ないというのは、いったい誰の教えによるのでしょうか。

『百人一首』*（小倉《おぐら》百人一首）に取られた「鳥のそら音《ね》」の歌（22）の知名度のほうが圧倒的であるが、この歌も、のちの世の勅撰集《*ちょくせんしゅう》や秀歌選《しゅうかせん》に繰り返し取り上げられて親しまれた、清少納言の隠れた名歌《めいか》のひとつだ。

家集のもう一方の伝本には、歌が詠《よ》まれた事情を説明する詞書がついている。「恋人*の男が、『あさって、必ず行くよ』と言ったその日にも姿を見せず、そのまま時が経《た》って、不安になっていたところ、『あなたのつれなさを

*百人一首―小倉百人一首。藤原定家による秀歌選。
*勅撰集―勅命（天皇の命令）または院宣（上皇・法皇の命令を受けた文書）によって編纂された歌集。
*流布本の詞書―語らふ人の、「あさて（明後日）ばかり必ず来ん」と言ひし日

真似《まね》してみたのです。どうです?』と言ってきた、その返事として、詠んだ歌」ということだ。

下の句の、「頼めて来ぬ」というのは、「あてにさせておいて、すっぽかす(来ない)」ということである。

ほかにも通《かよ》う所ができたのであろう、もとの女の所から足が遠のいていて、しばらくぶりに訪ねてみようというときなど、男は、このような言い訳をする。「御心《み》のいとつらさに、*十二年の山籠《やまご》もりしてなん、久しう聞こえざりつる」(あなたの冷たさにひどく心を痛め、十二年の山籠《やまご》もり修行に入っておりましたので、長い間お訪ねできなかったのです)などということを言った例もある(『*後撰《ごせん》和歌集』恋二)。女の歌によれば、その後男はまたすぐ、「入山《にゅうざん》」してしまったらしい。

出でしより見えずなりにし月影はまた山の端に入りやしにけん

――一度出てから見えなくなってしまったお月様は、また山にでも入ってしまったのかしら。

恋の初めの段階で、言い寄る男の言葉にそう簡単に靡《なび》かないのが、女性のたしなみ…というか、(和歌の道に限らず、)恋愛の道の正道《せいどう》でもあろう。押

も見えず、久しくなりて、おぼつかなくなりにければ、「御心のつらさにならひける。何とかは」と言ひたる返り事に

*十二年の山籠もり―比叡山延暦寺で行われた。修行者に、十二年間、下山を許さない。女人禁制。

*後撰和歌集―天暦五年(九五一)、村上天皇の勅命によって編集された、二番目の勅撰和歌集。

したり引いたり、恋のかけひきを通して、相手の教養レベルや人柄などがわかってくる。互いに歌を詠み交《か》わすうちに、その人の生活環境や、頭の回転の速さなどまで推《お》し測《はか》られる。

自分が冷酷《れいこく》にも、飽《あ》きて放っておいた相手のことを、逆に冷たい人だと言って責《せ》める。ずるいようだが、こんな「逆恨《さかうら》み」（「開き直り」か）も、恋の想定問答集には、必ず挙《あ》がる命題《めいだい》である。

『百人一首』に取られた＊道綱《みちつな》の母の歌を見てみる。

嘆《なげ》きつつひとり寝《ぬ》る夜の明くる間《ま》はいかに久しきものとかは知る

――嘆き悲しみながら、たったひとりで寝るその夜の明けるまでが、どんなに長いものか、あなたにはおわかりにならないでしょう。

『拾遺和歌集』の詞書によれば、夫の＊兼家《かねいえ》が訪ねて来たとき、門を開けるのが遅くなったところ、「待ち（立ち）くたびれた」と言って催促《さいそく》されたので詠んだ歌ということだが、『＊蜻蛉日記《かげろうにっき》』のほうでは事情が異《こと》なる。

夫の浮気を知って、わざと門を開けずに待たせたところ、（これ幸《さいわ》いということなのか、）その新しい女性のほうへ行かれてしまって、明けての朝に、やり取りしたということである。兼家が訪ねて来たのはすでに暁方《あかつきがた》であっ

＊道綱の母―父は藤原倫寧《ともやす》。兼家と結婚し、道綱を生む。

＊兼家―藤原兼家。右大臣師《もろ》輔《すけ》の三男。道隆・道長らの父。

＊蜻蛉日記―道綱の母の作。わが国最初の、女性による日記文学。

たから、彼女は一晩中、ひとり虚《むな》しく待っていたのであり、片《かた》や、兼家の行く先は少なくなかったと見える。

待つ身のつらさも知らずに、「早く開けろ」もないものだわ。「よしさらば」――「それならそれで構《かま》わない」（上等だわ）と言って詠み起こす、清少納言のこの一首は、仮《かり》に状況説明がなかったとしても、ことの次第《しだい》は十分に推察《すいさつ》される、巧《うま》い歌である。

さて、「頼めて来ぬ」ものは、この世に多い。人の期待を裏切る「すさまじき」*ものは、愛の消えた恋人ばかりではなかろう。「居場所《いばしょ》もわからぬ相手」に宛てた文《ふみ》（19）から始まった家集は、この歌*で終わっている。

募る思いも訴えたい気持ちもありながら、言葉の応酬になったとき、清少納言の歌は、恋のかけひきとしてではなく、人の世（男女の仲）の本当のところをとらえて、鋭く、切実である。

――頼めて来ぬは誰か教えし

そう問われた男に、一体、どんな返事ができようか。

*「すさまじき」もの―『枕草子』に「すさまじきもの」（期待はずれなもの）の段がある（二二段）。
*この歌―流布本の配列は異なる。

08

ここながら程《ほど》の経《ふ》るだにあるものをいとど十市《とをち》の里と聞くかな

【出典】清少納言集・一〇　［旅・物詣で］

ここ、都に居てさえ逢えない日々がつづき、距離があるところへきて、その上またどうでしょう、あなたはますます遠くへ行ってしまうのですね。

歌は、何かで腹を立てた——夫か恋人か——男が、返事もしないまま、急に、奈良（大和《やまと》）の興福寺《こうふくじ》で開かれる「維摩会《ゆいまえ》」に行くからな…と言ってきたので、詠《よ》んだという。これは、陰暦《いんれき》十月、*藤原鎌足《かまたり》の命日《めいにち》にちなみ、「維摩経」というお経について講釈する法会《ほうえ》であるが、当時、そういう寺々の法会は、貴族たちの格好の社交場ともなっていた。

『枕草子』にも、「蔵人おりたる人」の段（四〇段）や、「*小白河といふ所

【詞書】腹立ちて、返り事もせずなりて、「維摩会に大和へなん行く」と言ひたるに

（男が腹を立てて、返事もしなくなって、「維摩会聴きに、大和へな、行くからさ」と言ったので、詠んだ歌）

は」の段（四二段）など、説経聴聞の様子《ようす》が生き生きと描き取られている。前者から、法会に集う〝殿上リタイア組〟のレポートを参照してみる。

さて、しばらく顔を見ていなかった相手が同じ法会に来合わせているのを見つけ、おや珍《めずら》しいと懐かしがってそばへ寄り、座りこんでおしゃべりしたり、しきりに頷《うなず》いたり。日ごろおもしろいと思ったことをあれこれ話し始めて、広げた扇子で口を覆って大笑いしている。美しく飾った数珠《じゅず》を手でおもちゃにし、挙げ句、話に熱が入って何か言った拍子に、房《ふさ》の部分をこちらにブンと打って寄越したりする。

参詣者の車の品定めや、前に誰かが主催したのと比べて批評することに忙しく、肝心の今日のお説経などは、耳にも入れない。なに、いつもこうしてあちこち聞いてまわっているのだから、もう慣れっこで、僧侶の話などは珍しいとも思われず、聞くまでもないということなのだろう。

ところで、家集に伝わる清少納言の歌には、結句「…と聞くかな」という言い方がしばしば見られる。「そんなことを耳にするとは、驚《おどろ》いちゃうわ」というニュアンスらしい。したがって、上の句と下の句の間には、「落差」

*藤原鎌足―藤原氏の祖。大《たい》化改新《かのかいしん》に功があった。
*「小白河といふ所は」―宮仕え前の見聞として、花山天皇の出家直前のできごとを記す一段。

があるので、それを読み取って、味わうことになる。

　この歌も、男の捨て台詞《ぜりふ》（？）を耳にした心境をそのまま詠んだもののように見えて、実は、手が込んでいる。男が目指す「大和」にひっかけて、第二句「程《ほど》の経《ふ》る」は、大和の＊歌枕《うたまくら》「＊布留《ふる》」の掛詞になっているが、物理的な距離よりも、二人の間の心的《しんてき》距離について問題にしている。下の句に詠みこまれた「十市《とをち》の里」も、同じく大和の歌枕で、これには「遠方《とおち》」（遠いところ）の意が掛けられている。

　言い合いに嫌気《いやけ》が差したか、たった一言、「どこどこへ行くからな」と伝えたばかりに、すぐさまこんな歌が返って来る。清少納言としては、切《せつ》ない気持ちもないではなかろうが、どこか面白がっているようにも見えてしまう。

「十市の里」の名は、『枕草子』「里は」（六六段）にも挙がっている。並べられた里の名は、「ながめ」「人妻」「いさめ」「たのめ」に「長居」の里と、何かただならぬことになりそうだ。「ながめ」は恋のもの思い、「いさめ」は諫《いさ》める（禁じる）ことで、「たのめ」（頼め）はあてにすることとなるだろうか。中で、「取る」にゆかりの里をめぐっては、「人のを取ってしまったのか、自分のを取られてしまったのか、どちらにしても同じこと…」と、何や

＊歌枕―和歌に詠みこまれる各地の名所など。
＊布留―「布留の滝」や「布留の社」など、『枕草子』にも見える。

らいかがわしい様子も。

「里」には人が住み、人々の日常が営《いとな》まれる所であれば、またそこは、「待つ女」が住む場所でもある。恋人か妻か、女に向《む》かっ腹《ぱら》を立てて出かける男の旅の目的が、本当に法会見物なのかどうか、怪しいものかもしれない。

講会《こうえ》に関しては、清少納言自身、「説経師《せきょうじ》は、顔よき」――お説経役の法師は、美男に限る、と言い切って憚《はばか》らない。若くて（たぶん）、いい男のお坊さんだとみとれてしまってよそ見もしないし、話している内容まで、自然、尊《とうと》く思われると言う。確かに、一般的に見て、人の演説などは、そういうものだろうと思う。反対に、法師が、可愛《かわい》げのない憎らしい顔だったりすると、聞くほうも身《み》が入らず、かえって罪深いことになると思うのだそうだ（三九段）。

大和に行く前から、かの地の歌枕と、掛詞とで綴《つづ》った意味深長《いみしんちょう》な歌を詠んで寄越《よこ》され、相手の男はどう思ったことだろうか。「ここながら」に全部言われてしまった感じだ。牽制《けんせい》半分、哀願《あいがん》半分の内容と見るが、あとのほうは伝わったかどうかわからない。

以下、*物詣《ものもう》でなどの、「旅」にまつわる歌がつづく。

*物詣で――寺社に参詣すること。

09

恋《こひ》しさにまだ夜《よ》を籠《こ》めて出《い》でたれば尋《たづ》ねぞ来たる鞍馬山《くらまやま》まで

【出典】清少納言集・一一　［旅・物詣で］

あなたが恋しくて、まだ夜深いうちに寺を出たら、なんとあなたが、真っ暗な中、ここ鞍馬山まで訪ねて来てくれたのですね。

【詞書】鞍馬へ詣でて帰るに（鞍馬寺にお参りして、帰るというときに、詠んだ歌）

「鞍馬へ詣《もう》でて帰るに」という詞書《ことばがき》がつく。歌にも、結句に「鞍馬山まで」とある。

都の北の鞍馬寺に詣でた折の歌ということで、家集には、ほかにも、息子の則長《のりなが》が詣でた折の歌がある（11）。そのときは、息子の帰りを楽しみにしていて、待ちぼうけになった。

御所《ごしょ》より十数キロの距離で、普段から、都の人々はよくこの寺に詣でていた。清少納言は、「近くて遠きもの」（『枕草子』一七〇段）に、「鞍馬の九十《つづ》九折《らおり》」を挙げている。山腹《さんぷく》の幾重《いくえ》にも折れ曲がった坂道のことである。ちなみに、「思はぬはらから、親族《しんぞく》の仲」というのも挙げている。現代、「兄弟は他人の始まり」とか、「遠くの親類より近くの他人」などという寸言《すんげん》の元祖であろうか。反対の、「遠くて近きもの」（一七一段）については、「男女の仲」と言っている。これは、そのまま「遠くて近きは、男女の仲」と、今でも言う。

　ほかの伝本（流布本）の詞書は、「鞍馬に詣でて帰りて」で、結句も「鞍馬山より」となる。鞍馬から帰って来て詠んだ歌ということになる。これだと、『枕草子』の問題章段、寄るべきは道長《みちなが》方か*中関白家《なかのかんぱくけ》方かと天下を二分した政変、「長徳《ちょうとく》の変」のさなかの記事が想起される（「*返る年の二月二十五日に」八七段）。

　定子《ていし》が、それまで住んでいた御所の梅壺《うめつぼ》を出て、職《しき》の御曹司《みぞうし》に遷《うつ》ったときのことである。ひとりあとに残った清少納言に対し、道長の腹心《ふくしん》藤原斉信《ただのぶ》が、面会を求めてきた。鞍馬から来るというのだった。

　清少納言は、それをはぐらかして気をもませるのであるが、定子懐妊《かいにん》の噂《うわさ》

*中関白家―兼家につづいて関白となった定子の父、藤原道隆一門の称。
*返る年―長徳二年（九九六）。

について確かめたいという、道長の意向《いこう》を受けた訪問であったかもしれない。定子の兄弟伊周《これちか》と隆家《たかいえ》が、花山院《かざんいん》誤射事件で罪に問われることが決定していた折も折、長らく待たれた一条天皇の初御子《みこ》誕生の兆《きざ》しとなれば、道長も、作戦を変える必要があった。ここで判断を誤《あやま》れば、今度は、わが身の危機《きき》ともなりかねない。

鞍馬からの帰り道、方角を選んで、夜の間いったんよそに宿《やど》るが、予告通り、夜明け前には到着し、梅壺《つぼね》の局の戸を一所懸命《いっしょけんめい》叩いた斉信であった。しかし、局の主《あるじ》はすでに寝場所を変えて留守だった。

流布本の本文によれば、一首はいかにも、このとき、清少納言との面会を求めた斉信の歌にふさわしい。「あなたにお目にかかりたい一心で、私は、まだ夜更《よふ》けに寺を出て、鞍馬山から、こうしてまだ暗いうちにやって参りました」と。鞍馬に「暗し」を掛けて歌に詠む。

一方、ここに掲《かか》げた形では、往《ゆ》く《く》と来と、鞍馬山での恋人どうしのロマンティックな出逢いということになる。鞍馬へ詣でた清少納言（とばかり考えなくてもよいかもしれないが）を追って、恋人が迎《むか》えに来たという場面が想像される。

鞍馬の地には貴船《きぶね》神社もある。そこへは、恋の悩みを抱えた和泉式部《いずみしきぶ》も詣

＊局―御所や貴人の邸宅で、仕えている女房などに私室として与えられる仕切られた部屋。

でたという（『後拾遺和歌集』雑六）。和泉式部が詠んだ歌に対し、「男の声にて」、貴船明神が答えたと伝える。

　*もの思へば沢の蛍もわが身よりあくがれ出《い》づるたまかとぞ見る

　　御返し

　*奥山にたぎりて落つる滝つ瀬のたまちるばかりものな思ひそ

恋人との関係に疲れたり傷ついたりした女性が、待つ身を転じて、ぷいと、山寺《やまでら》に出かけて籠《こ》もってしまうことがある。そうすると、恋人が慌《あわ》てて迎えの者を差し向けたり、自《みずか》らもなだめにやって来たりする。道綱《みちつな》の母は、夫の兼家《かねいえ》から「アマガエル」（尼、帰る）のあだ名を付けられた（『蜻蛉《かげろう》日記』中巻）。籠もったのは、西山《にしやま》の鳴滝《なるたき》寺というところで、最後は夫と一緒に山を下りた。和泉式部も、滋賀は大津の石山寺《いしやまでら》に籠もった折、都の帥宮《そちのみや》と、折り返し重ねて、文《ふみ》のやり取りをしている。こういう場合の文遣《ふみづかい》の役は過酷《かこく》である。

清少納言の場合は、「もう逢わない、と言ったそばから逢いたくて」とすぐに告白するほうであったから（04）、こんな思いがけない、感動的な鉢合《はちあ》わせがあったかもしれない。

*和泉式部―父は大江雅致《まさむね》。歌人。『和泉式部日記』の作者。29参照。

*「もの思へば」の歌―こんなに思い悩んでいると、沢辺を飛ぶ蛍の光も、私の体から抜け出した魂ではないかと思って見ることです。

*「奥山に」の歌―深い山で激しく流れ落ちる滝のように、水の玉が飛び散る――魂が砕け散るほど、思い悩むでないぞ。

10

いづかたに茂《しげ》りまさると忘れ草よし住吉《すみよし》とながらへて見よ

【出典】清少納言集・一二　［旅・物詣で］

あなたと私、どちらのほうにたくさん生《お》い茂ると思うのかしら、人を忘れるという忘れ草が。ええいいわ。そこ、住み好《よ》い住吉にとどまってみてご覧《らん》なさいな。

【詞書】住吉に詣づとて、「いととく帰りなむ、その程に忘れたまふな」と言ふに（住吉詣でに行くといって、「本当に急いで帰って来てしまいますから、行っている間に、私をお忘れにならないでくださいね」と言うので、詠んだ歌）

――力競《くら》べ、ならぬ、「真心競《まごころくら》べ」。そんな題をつけたくなる歌が、家集に三首ほどある。うち二首のキーワードは、「忘る《わす》」（忘れる）だ。どちらが相手のことをより一層《いっそう》、強く深く思っているか。遠く離れてしまっても、本当にずっと忘れずにいられるかどうか。

今でこそ、電話で相手の声を聞いて話さなくても、メールのやり取りで十分ということは多いようだが、恋人どうしであれば、やはり、声は聞きたい。*王朝《おうちょう》の世、何とかして遠方との手紙の往来は望めたとしても、面影《おもかげ》を写し置くことはもちろん、帰って来て再会が叶《かな》うまでは、声すら聞けなくなる。

王朝の人々は、旅の別れをことさらしみじみと、深く心に刻みつけていた。二人の間の愛情が消え、よもや「忘れてしまう」ことなどないように、と。「忘れる」というのは、多く、恋愛の終わりを意味して歌に詠《よ》まれる言葉であった。

この時代の旅と言えば、まず、地方官として任地に赴く者が体験する長旅がある。*紀貫之《きのつらゆき》の『*土佐日記』は、その帰京の船路を主な舞台とする。清少納言や*紫式部《むらさきしきぶ》らも、*受領《ずりょう》層の貴族として、各地に赴任する父や夫とともにこうした旅を体験し、田舎暮らしの見聞を持つ。一方、ほんの数日家を空け、日常の生活から離れることもまた「旅」であり、物詣でのための小旅行など、当時の女性たちにとってまたとない楽しみのひとつであった。

さて、ここに掲げた歌は、住吉詣でに行く男に、「留守中、心変わりしてくださるな」と言われて、詠んだものである。相手の男は、摂津《せっつ》の*住吉《すみよし》神社で参詣《さんけい》を済《す》ませれば、すぐまた帰ってくるのだろうが、それでもこんなふうに言い置いて行くのである。

*王朝の世—特に平安時代、宮廷文化が花開いた貴族中心の社会。

*紀貫之—『古今集』撰者の筆頭として、当時を代表する歌人。

*土佐日記—土佐守としての四年の任期を終え、貫之が帰京したのは承平五年(九三五)のこと。六十歳を過ぎていたとおぼしい。

*紫式部—父は藤原為時《ためとき》。『源氏物語』の作者。中宮彰子に仕えた。

*受領—地方官。諸国の長官として、実際に任国に赴任する。

*住吉神社—摂津国の一の宮。所在は、現在の大阪府住吉区住吉。

しかし、そこ住吉は、人を忘れる「忘れ草」生《お》う場所でもあった。そこで、「忘れてくれるな、なんて。その言葉、そっくりお返し致《いた》します」ということになる。第四句「よしすみよしと」は、「よし」が重なって調子が良いが、「住み心地が好い」からと言って長逗留《ながとうりゅう》することになれば、すでに、都に残した恋人のことは忘れていよう。そして、結句「ながらへて見よ」では、そのままどうぞ、と突き放す。

清少納言の歌は、旅人の、かの地での解放的気分《かいほうてき》まで詠みこんで、「思い競べ」「真心競べ」の勝負を挑《いど》む。結句の「ながらへて」には、同じく摂津の歌枕「長柄《ながら》」が掛かっている。「長柄の橋*」で有名。

清少納言は、いつも、言葉の背後にある「本当のこと」が気になってならない。返事の言葉をこうして和歌にすれば、揚《あ》げ足取りのように見えるかもしれないが、残され、待ちつづける側の切なさが張り詰《つ》めた一首だ。「忘れるな」などと言うほうが、きっと「忘れる」に決まっている…。競べてみるべくもない。いっそ「忘れて見よ」と言い放つが、しかし、忘れられてしまえば、恋の勝負には負けることになるのだった。

*『古今《こきん》和歌集』の歌を引いておく。「あひ知れりける人の、住吉に詣でける

*長柄の橋―大阪湾に注ぐ淀川に架かる橋。朽ちた姿が詠まれる。

*古今和歌集―延喜五年(九〇五)、醍醐天皇の勅命によって編集された、最初の勅撰和歌集。

に、詠みて遣《つか》はしける」（よく知っている人が、住吉に詣でたときに、詠んで遣《や》った歌）という詞書がついている。

住吉と海人《あま》は告ぐともながゐすな人忘れ草生《お》ふと言ふなり　（雑《ぞう》上・壬生忠岑《みぶのただみね》）

――「ここは住み好き、住吉ぞ」と土地の海人が教えても、どうか長《なが》居《い》はしないでください。そこには、人を忘れる忘れ草が生えていると言いますから。

忠岑の歌の第三句「ながゐすな」には、「長居」と、摂津の歌枕「ながゐ」が掛けられている。「長居の浦」や「長居の浜」など。

次は、「どう？*　僕は、あなたのことを十度、二十度と思い出していますよ」と言って寄越した男に詠んだ歌（清少納言集・一七）。

その名見て思《おも》ひけるこそ悔《くや》しけれ数知るばかり悔しきものを

――お文《ふみ》の名を見て、始終思いつづけていたのが悔しくてならない。あなたの思いが、数えられる位《くらい》のものであったとは、何とも悔しい。

これも、真心競争。

もう一首、「忘れないで」と言った男*への歌もある。

*詞書の本文―「『思ひ出づや、ここには、十、廿となむ思ひ出づる』とあるに」

*男への歌―「忘るなよ世々と契りし呉竹の節を隔つる数にぞありける」（清少納言集・一三）。「解説」参照。

11

いつしかと花の梢《こずゑ》は遥《はる》かにて空に嵐《あらし》の吹くをこそ待て

【出典】清少納言集・一六　［旅・物詣で］

いつかいつか…と、咲く盛りを楽しみにしている花の梢は、はるか手の届かないところ。それで私は、花を吹き寄せる嵐頼みという心境です。あてにせず、待つよりありませんね。

これは、鞍馬に詣《もう》でた、ひとり息子則長《のりなが》の帰りを、首を長くして待って、あてが外れたときの歌。この折《おり》則長は、数日間の寺籠《てらご》もりになったとおぼしい。

鞍馬寺は、京の北方鞍馬山にあって、王城鎮護《おうじょうちんご》の寺として信仰を集めた。他の本（流布本）では、ここを「熊野《くまの》」としている。それであれば、和歌山県の熊野*権現《ごんげん》のこと。「鞍馬」「熊野」いずれも『枕草子』中に記事がある。

鞍馬寺へは、日常的に、都から参詣《さんけい》に訪れることが多かった。家集にも、ほ

【詞書】則長の君、鞍馬に詣づとて、「その程には帰りなむ」と聞けど、おはせで、二、三日ばかりありて、「来たり」とあるに（則長の君が、鞍馬寺に詣でるということで、「しかじかのころにはきっと帰ります」と聞いていたけれ

かに、鞍馬詣での折の歌がある（09）。
一首の趣向《しゅこう》は、わが子を木の末、遥かなる梢になぞらえ、「嵐（あらし）」に「有らじ」（居ない）を掛けて詠むものである。空頼《そらだの》みだが、なかなか逢えない息子を、気長《きなが》に待つ様子《ようす》である。

則長は、*後一条《ごいちじょう》天皇の代の*蔵人《くろうど》、*修理亮《すりのすけ》、*式部丞《しきぶのじょう》などを勤め、その後、*越中《えっちゅう》の守《かみ》となり、長元《ちょうげん》七年（一〇三四）、五十歳余りでその地に没した。受領として父則光《のりみつ》の経歴と変わらぬようだが、母ゆずりの才《さい》もあった。清少納言が定子《ていし》近侍《きんじ》の女房として御所で活躍していたころ、則長は、まだ十代であったと思われる。正確な生年は知られていない。

則長は、また、歌人の*相模《さがみ》とは特別な関係にあったらしい。亡《な》くなったとき、則長の弟季通《すえみつ》（母は別か）が、相模に宛《あ》てて歌を詠み送っている。『後《ご》拾遺《しゅうい》和歌集』*哀傷《あいしょう》の部に入る。

思ひ出《い》づや思ひ出づるに悲しきは別れながらの別れなりけり

――あなたも今、思い起こしておいででしょうか。亡き兄を思うにつけて悲しいのは、弟として、遠く離れ、別れたままでの、この世の別れになってしまったことですよ。

ど、おいでにならず、その後、二、三日経ってから、「帰って来ました」と言って来たので、詠んだ歌）

*熊野権現―いわゆる熊野三社、本宮・新宮・那智大社。

*後一条天皇―一条天皇の第二皇子、敦成。母は、藤原彰子。

*蔵人―蔵人所の役人。天皇近侍の名誉ある役職。

*修理亮―修理職の次官。

*式部丞―式部省の三等官。

*越中の守―「越中」は今の富山県。「守」は国司（地方官）の長官。

*相模―後一条天皇の代より、当時の歌壇で活躍。脩《しゅう》子《し》内親王家の女房として出仕。脩子は定子所生の一条天皇第一皇女。

*哀傷―『古今集』以来、勅撰集における部立《ぶだて》の一つ。

生前、相模が、馬上《ばじょう》の人として、自分に気づかぬまま通り過ぎた則長に詠み送った歌もある。

綱《つな》絶えて離れ果てにし陸奥《みちのく》の尾駮《おぶち》の駒《こま》を昨日見しかな（雑二）

――昨日、あなたをお見かけしました。今は縁絶え、心もすっかり離れてしまった、陸奥は尾駮の駒（陸奥守《むつのかみ》の子）のあなたの姿を、陰《かげ》ながら私は。

「尾駮」は、陸奥（東北）の歌枕。「尾駮の駒」というのは、青森県尾駮産の馬のことで、当時、父の則光が陸奥《むつ》の守であったので、このように詠んだ。則光の返歌《へんか》は、『相模集』のほうに伝わっている。

そのかみも忘れぬものを蔓駮《つるぶち》の駒必ずも逢ひ見けるかな

――私こと、蔓駮の駒が、あなたとのことを忘れていなかったからこそ、きっと、二人は再びめぐり逢えたのですよ。

贈歌《ぞうか》に即応《そくおう》して、馬の毛色の名「蔓駮」（繋《つな》がった斑《まだら》模様）を詠みこむ。

清少納言によれば、普段から「物忘れしない」（昔のことを忘れない）のは大事なことなのだが、恋の記憶となれば、なおのことであろう。則長は、「そのかみ」（その昔、二人の間にあったこと）の歌によって、かつての恋人をつい見過ごしてしまった咎《とが》を避け、上手に切り返している。歌の苦手《にがて》な父に似ず、則長*が詠んだ歌は、勅撰集《ちょくせんしゅう》に取られて、ほかにも伝わっている。

以前、まだ則光が遠江《とおつおうみ》の守であったころ、清少納言は、息子則長の相手の女房《にょうぼう》（宮仕《みやづか》えの女性）のために、歌を作ってやっている（『枕草子』「ある女房の、遠江の守の子なる人を語らひて」二九七段）。

誓《ちか》へ君とほつあふみのかみかけてむげに浜名の橋見ざりきや

――あなた、誓ってくださいな。父君「遠江の守」の名にかけて、神かけて、絶対に裏切ったりなどしていないのか。

まず「遠江（とほつあふみ）のかみ」は「守」と「神」の掛詞になっている。さらに、遠江の歌枕である「浜名《はまな》の橋」を詠みこみ、「近江《あふみ》」（「逢《あ》ふ」と掛かる）ならざるその名にかけて、よもやかの地の「橋」は見てもいないのでしょうね、と問う。手が込んでいるが、浮気の噂が立ったとき、先に、神ならぬ、「親に誓って…」と言って弁解したのは、則長のほうだった。

「親などもかけて誓はせたまへ。いみじきそら言《ごと》なり、夢にだに見ず」

――親の名などにかけても誓わせてください。そんなの、ひどい作りごとです。ぼくは、夢にだって見て（逢って）いないのですから。

＊則長が詠んだ歌――『後拾遺集』の「秋上」に二首、「別」に一首入る。

12

たよりある風もや吹くと松島《まつしま》に寄せて久しき海人《あま》のはし舟

【出典】清少納言集・二二　［陸奥］

頼みの風が吹くだろうかと…あなたにお目にかかる良い折がめぐって来るだろうかと、長い間お慕《した》いし、待ちつづけている、切ない海人の小舟のような私です。

【詞書】人のもとに、初めて遣はす（ある人のところに、初めて送る歌）

詞書《ことばがき》に「人のもとに初めて遣《つか》はす」とあるが、それは普通、恋の初めに送る求愛の文《ふみ》のことである。

勅撰集では『後撰《ごせん》和歌集』などにたくさんあって、まず、男が詠むものだった。受け取った女がそっぽを向くのも、また常道《じょうどう》と言える。そうした「型」にのっとってふさわしい表現を選び、互いに言葉を交わすうちにも、その人らしい教養やセンスが表われてくる。

この歌が、清少納言自身のもので、誰か男のための代作《だいさく》などでないとすると、少し珍《めずら》しい例になるだろう。『玉葉和歌集《*ぎょくよう》』恋一にも清少納言の歌としてとられているが、その詞書には、「初めて」がない。

例えば、『蜻蛉日記』の作者、道綱の母も、息子のために、「初めての文」などを代作しているが、清少納言も、息子則長の恋愛沙汰に巻き込まれて、相手の女房（宮仕えの女性）のために一首、作ってやっている（11参照）。家集のこの歌も、必ずしも、清少納言自身の恋文《こいぶみ》とだけ考えなくてよいだろう。詞書は、この場合、歌の「題」として考えるのがよいかもしれない。

一首は、「待つ」の掛詞《かけことば》になっている、陸奥《みちのく》の歌枕《うたまくら》*「松島」を中心に、「風」「吹く」「待つ」「久しき」「舟」「寄せて」など、縁語《えんご》で繋いだ手慣れた仕上がりである。

従来は「たよりある風」を、「音信《おんしん》」（便り）そのものと考えているが、実は、歌の最後に「だからこの文にはお返事をください」と添《そ》えてみるのが、一首の狙《ねら》いに沿う理解であるかもしれない。

後世の『松島日記』には、老いた清少納言の歌として生かされている。『松島日記』は、室町時代以降、近世ごろの創作といわれる。定子《ていし》亡きあと、

*玉葉和歌集—応長元年（一三一一）の伏見院の院宣によって編集された、十四番目の勅撰和歌集。

*松島—宮城県松島湾の島々。

陸奥を目指した清少納言の旅日記《たびにっき》という設定であるが、*芭蕉《ばしょう》の『奥の細道*』に〈先行〉する旅立ちである。

この日記で、清少納言が陸奥を目指した理由は、縁者《えんじゃ》である下野《しもつけ》の守顕忠《あきただ》の娘の招きによってということになっているが、陸奥は、清少納言にとって、事実、ゆかり浅からぬ地であったと言える。

陸奥は、もとの夫則光の最後の任国《にんごく》でもあった。またそこは、*藤原実方《さねかた》が下向《げこう》し、そのまま帰京せず、客死《かくし》した土地でもある。実方も、清少納言にとっては、出仕《しゅっし》以前から知る人物のひとりで、若いころの恋愛の相手であったようである。

家集には、陸奥の歌枕が三つほど見える。この歌の「松島」のほか、「名《な》取河《とりがは》」（二〇）と「袖の渡り」（三三）である。「袖の渡り」を詠む歌は、まさしく実方下向の折の、別れの悲しみを詠んだものということになっている。

実方の君の、陸奥国へ下るに

床《とこ》も淵《ふち》ふちも瀬《せ》ならぬ涙河《なみだがは》袖の渡りはあらじとぞ思ふ

――寝床も涙の淵となるほど泣き悲しみ、その淵も、浅瀬ならぬ深い涙の河ですから、あなたが行ってしまう陸奥の「袖の渡り」というよ

＊芭蕉―松尾芭蕉。江戸時代の俳人。

＊奥の細道―芭蕉の俳諧紀行。書名は奥州路にちなむ。

＊藤原実方―長徳四年（九九八）没。生年は不明。宮廷歌人として花形的存在であったが、陸奥下向の理由など謎が多い。14・17・23参照。

うな、そんな渡し場などあるまいと思います。

*小大君《こだいのきみ》の家集（『小大君集』）には、初句「底は淵」の形で、親に先立たれた実方を見舞う、小大君の歌として伝わっている。

そして、清少納言の父元輔《もとすけ》の代表歌も、陸奥の歌枕に寄せた恋歌《こいうた》であった。『百人一首』に取られている。

契《ちぎ》りきなかたみに袖を絞《しぼ》りつつ末*の松山波越《なみこ》さじとは

（『後拾遺和歌集』恋四）

――涙の袖を絞りながら、泣きながら、互いに約束し合いましたよね。あの末の松山を波が越すようなこと…ほかの相手に心を移すようなことは決してないと。

『枕草子』の主要な伝本のひとつ、「能因本枕草子」は、能因法師*（俗名は橘永愷《ながやす》）が所持したものというが、旅の歌人として知られる彼もまた、陸奥とは特に縁が深く、次の名歌がある。清少納言の息子則長とは交流もあった。

都をば*霞とともに立ちしかど秋風ぞ吹く白河の関（『後拾遺和歌集』羇旅）

「名取河」を詠みこむ歌（13）の詞書は、家集中、一風変わった感がある。人物が「男」と「女」で示されて、ことさら物語的であるようだ。

＊小大君―『拾遺集』以下の勅撰集に歌が入る、当時を代表する女性歌人。

＊末の松山―宮城県多賀城市にあったとされる山。

＊能因法師―歌学書『能因歌枕』などを著わす。『後拾遺集』以下の勅撰集に六十首余りの歌が入る。

＊「都をば」の歌―春、霞が立つのとともに都を発ったが、いつのまにか秋風吹く季節になってしまった、（ここ陸奥の）白河の関では。

13

名取河《なとりがは》かかる憂《う》き瀬をふみみせば浅《あさ》し深《ふか》しと言《い》ひこそはせめ

【出典】清少納言集・二〇　［陸奥］

評判を取る、名取河とはよく申しますが、こんな世の中で、私の手紙を見せたなら、人はきっと心が浅いとか深いとかいろいろ批判をするのでしょうね。

【詞書】男が女の文を見んと言へば、おこすとて（男が、女の書いた手紙を「見たい」と言うので、それを寄越すということで、詠んだ歌）

名取河も、陸奥《みちのく》（東北）の歌枕である。現在の宮城県仙台市を通って仙台湾に注ぎこむ。世間に名が立ち、評判になることについて詠《よ》んで用いられる。『枕草子』「河は」の段（二二二段）に挙がっている。

名取川も、いかなる名を取りたるにか、聞かまほし。

――「名を取る」川とは、いったいどんな名（評判）を取ったというのだろうか、聞いてみたいと思う。

「河」の段の最初には、大和（奈良）の歌枕「飛鳥川《あすか》」が挙がる。清少納言は、「淵瀬《ふちせ》定めなく、はかなからむと、いとあはれなり」と言っている。飛鳥川の淵と瀬が変わりやすいというのは、次の、『古今和歌集』雑下の歌によっている。

世の中は何か常なるあすか川昨日《きのふ》の淵ぞ今日《けふ》は瀬になる

昨日は深い淀《よど》み（淵）であったところが、今日は急な流れ（瀬）に変わる。そんな「飛鳥川」の明日のことがわからぬように、この世に一定《いってい》不変のことなどありはしないのだ…という意味。「あすか川」に「明日（あす）」を掛けている。

はかないこの世の喩《たと》えとして歌に詠まれるものであったが、清少納言は、歌の内容からひるがえって、河そのものが、「どんなにはかないことだろうかと、しみじみしてしまう」と言う。

「山は」「峰は」「原は」「市は」など、『枕草子』の、ものの名列挙《れっきょ》の章段の興味の対象は、人々が、古来《こらい》、そうしたさまざまな名を付けて呼んできた「もの」――ここでは、「河」そのものである。

人が、あらゆるものに与えてきた、名前の数々を通して見えてくるのは、人間そのものの姿だ。彼女が考えているのは、人間とは何か…という命題についてである。

さて、「名取河」の歌には、「男が女の文《ふみ》を見むと言へば、おこすとて」という詞書がついている。「おこす」というのは、「寄越《よこ》す」ということ。当事者について、ただ「男」「女」としているのも、恋物語《こいものがたり》風の言い方で、謎めかしい。

男が「見たい」と言ったのは、女のどんな「文」（手紙）だったのだろうか。「女」のほうでは、見せたら、さぞ「浅し深し」と批判されるに違いないと思っている。

清少納言は、一千年前の文筆家《ぶんぴつか》として、自負《じふ》とともに、作品に対する世間の評価を意識してもいた。

おもしろいのは、「とりどころなきもの」（二四四段）である。「取り柄《え》のないもの」をめぐる段だが、最初にずばっと、「顔も心もどっちも醜《みにく》い人」と言う。あとも、普通は憚って言わないようなものの名や事柄を並べ立てておいて、最後に、「私としては、この草子《そうし》こそ、人が見るものと思っていないので（すなわち、これこそ取り柄のないものなので）、こうして何でも好きなように書くのです」と言ってのける。

言って良いことと悪いことと、表現の自由の範囲をめぐる問題は、現代でもなかなか難しいところである。

評価されることへの意識は、「跋文《ばつぶん》」（あとがき）にも見える。跋文の存在自体、千年の時を越えて読者との直接対話を志向《しこう》する、この作品の象徴とも言えよう。清少納言は、その中で、批判する側こそ、常に評価されているのだと言っているが、その通りだと思う。


　*人の、物のよしあし言ひたるは、心のほどこそ推《お》し測《はか》られ。


物語や和歌の文脈《ぶんみゃく》をいかに読み取って評価するか、読むということは、読む側が、読む行為を通して評価されるということでもある。

家集の中で考えるならば、女の「文」は、「ありとも知らぬに、紙三十枚に文《ふみ》を書きて」という、家集筆頭《ひっとう》の詠《えい》（19）の詞書にある「文」であるかもしれない。

読んではもらえぬものと思って書いたその人に、送るときが来たのであろうか。遠い所に住む人だろうか。陸奥の歌枕をめぐり、瀬を「踏む」に「文」を掛ける機知が冴《さ》える。

＊人の、物のよしあし……――この一文は、能因本のいわゆる「長跋《ちょうばつ》」（三二三段）における形。短跋（三二一段）や三巻本の跋文にも同様の文章がある。

14

これを見よ上《うへ》はつれなき夏草も下はかくこそ思《おも》ひ乱《みだ》るれ

【出典】清少納言集・一九　［わが身］

どうぞこれをご覧ください。うわべはなにごともなく、平気な様子の夏草も、そのずっと下のほうは、このように色が変わり、(思い)乱れているのです(これが、私の姿です)。

「上はつれなき…」と言って、人の、つれなく無関心な態度について詠む歌は多い。一枚の葉の表と裏や、燃え立たず下で燻《くすぶ》る炎や、池水などの面《おもて》とその下の様子、また、この歌のように、下のほうから黄葉《こうよう》する、「萩の下葉《したば》」も詠む。

詞書の「世の中いと騒《さは》がしき年」というのは、『枕草子』「故殿《ことの》などおはしまさで、世の中に事出《い》で来《き》」(一四六段)などに記事がある、長徳二年

【詞書】世の中いと騒がしき年、遠き人のもとに、萩の青き下葉の黄ばみたるに書き付けて、六月ばかりに(世間が騒然としている年、遠くに住む人のところに、まだ青い萩の、下のほうの葉が黄色く色づいているのに文を書き付け、六月ごろ

(九九六)の*政変のころのことであろう。前年、長徳元年は、疫病《えきびょう》の流行によって、政権の中心にも犠牲者が多く出た。関白道隆《みちたか》が病没すると、道長《みちなが》と、伊周《これちか》・隆家《たかいえ》兄弟の間で、叔父と甥《おい》の骨肉《こつにく》の覇権《はけん》争いが起きた。唯一、日付《ひづけ》を明らかにする日記的章段「返る年の二月二十五日に」(八七段)は、政変渦中の、後宮《こうきゅう》の姿勢を物語る。

折も折、このとき定子は、一条天皇初めての御子《みこ》を身ごもっていた。定子を守ってよく結束した人々であったが、兄弟が左遷《させん》追放され、定子も自ら*落飾《らくしょく》し、いよいよ追い詰められていく中、矢面《やおもて》に立って働いた清少納言に、敵方通謀《つうぼう》の疑惑がかけられた。

彼女が、「草子《そうし》」一つ持って黙って後宮を去ったのは、道長が左大臣になって政変の勝敗が決したあと、長徳二年七月ごろのこととおぼしい。これが、『*枕草子』の最初期のものとして世に流布することになる。

六月、孤独な胸の内を吐露《とろ》する歌を詠み送った相手、「遠き人」とは、前年秋、政変を避けるように、陸奥《みちのく》に下った実方などか。

清少納言にとっては、後宮を一つに保《たも》つための、悲しく、苦しい決断であった。

に送るというので、詠んだ歌)

＊政変―「長徳の変」。09ほか、参照。

＊落飾―髪を切って、出家すること。定子は、のちに入《じゅ》内《だい》(内裏《だいり》に入ること)し、還俗《げんぞく》(出家前の身分に戻ること)したとされる。

＊枕草子―清少納言のもとを訪れた源経房が持ち出して広めた。帰参のきっかけとなったのは、定子から贈られた「山吹の花びら」(20、「解説」参照)であった。

15

訪《と》ふ人にありとはえこそ言ひ出《い》でね我《われ》やは我《われ》と驚《おどろ》かれつつ

【出典】清少納言集・二五　［わが身］

訪れる人に答えて「はい、私です。ここにおります」と言い出せはしないのです。自分自身、これが本当に私なのかと驚きながら……。

この歌について、アーサー・ウェイリー*の英訳を掲《かか》げる。

*If to those who visit me. 'She is at home' / I cannot bring myself to say / Do not wander, for often in consternation / I ask myself whether I am I.

――誰か私を訪ねる人がいても、私は自ら「彼女ならここにいる」と言うことができない。仕方がないのだ、この私は本当に私なのかと、

【詞書】年老いて、人に知られで籠もりゐたるを、尋ね出でたれば

（年を取って、誰にも知られずひっそり暮していたのを、尋ね出して来たので、詠んだ歌）

＊アーサー・ウェイリー――一

我ながら信じられずにいるのだから。

老いさらばえたわが身を恥じる、それだけのことではないだろう。特に、昔の自分を知る人に、時を経《へ》て今、そのままの「私です」とは、どうしても答えられない。あの、かけがえのない時代を生きた私は、もう、ここにはいないのだ。自身、そう思われるほど、それは、すばらしく、奇跡的な日々であった。清少納言は、定子のもとで、定子のために、わが個性と才能の限りを――持てる力とその可能性の限りを発揮《はっき》し尽くして、輝いて生きた。

かつて一世を風靡《ふうび》した美女・才女の例にもれず、清少納言のその後の人生も、後世の落魄《らくはく》伝説に絡《から》め取られて、実態《じったい》が知れない。陸奥を目指したり、阿波《あわ》（今の徳島県）に流れ着いたり、都にあっては、「*駿馬《しゅんめ》の骨」の一喝《いっかつ》など、今どきの若者を相手に、老いてなお、意気が揚《あ》がる。

紫式部が「*その、あだになりぬる人の果て、いかでかはよく侍《はべ》らむ」などと言い置いたせいもあろうが、すべては謎のうちだ。彼女のその後の心境は、家集の歌から偲《しの》ぶのがよいだろう。

この歌から伝わってくるのは、今のわが身の嘆《なげ》きより、精一杯、命煌《きらめ》かして生きた、彼女の人生の確かな手ごたえと、その誇《ほこ》りだ。

九二八年、英語では初めての『枕草子』抄訳本“The Pillow - Book of Sei Shōnagon”を著わした。

＊「駿馬の骨」―中国『戦国策』の逸話による。骨となっても、駿馬の骨なら使いよう。「駿馬の骨をば買はざるや。ありし」（お前たちは、名馬の骨を買わぬのか。そういう人もいたであろう）『古事談』より。

＊「その、あだになりぬる…」―「そうした、実《じつ》のない生き方をした人の果ての姿が、どうして幸せなものであり得ましょうか」（『紫式部日記』）。

16

月見れば老《お》いぬる身こそ悲しけれつひには山の端《は》に隠れつつ

【出典】清少納言集・二六　［わが身］

月を見ると、年老いたわが身が本当に悲しく思われる。山の端に沈む月のように、ついには、私そのものが、隠れ消えゆくものと思えば。

【詞書】山のあなたなる月を見て
（山の向こうに出ている月を見て、詠んだ歌）

明るい月が好きな人であった。『枕草子』には、「月の明《あ》かき（明るい）夜《よ》」のすばらしさ、美しさが、繰り返し描き出されている。春夏秋冬、それぞれの美しさ。愛する人を恋《こ》うる月、亡き人を偲ぶ月。月夜のドライブ、笛の音《ね》。逢瀬《おうせ》、文《ふみ》。有明月《ありあけづき》の直衣姿《のうし》*に、朗詠《ろうえい》、二人歩き。政変の謎かけ――「天に張り弓」*、の月もあった。

人形遊びの道具や古い恋文などを挙げて綴る、「過ぎにし方恋しきもの」

＊直衣姿―男性貴族の平常服。大臣家の公達《きんだち》や高位の者は直衣での参内が許された。

（過ぎた昔が恋しいもの・三〇段）の最後に挙がるのは、「月の明かき夜」そのものである。月こそは、人の世の思い出の空にかかる、追憶《ついおく》の象徴と言えようか。次のような段もある。

月のいと明かき夜、川を渡れば、牛の歩むままに、水晶などの割れたるやうに、水の散りたるこそ、をかしけれ。（『枕草子』二〇八段）

月明かりの中、川の浅瀬を牛車《ぎっしゃ》で渡ってゆくのである。牛の歩みにしたがって、クリスタルのかけらのように、月の光を受けて、きらきらと輝きながら飛び散るしずく。月を詠む歌は古来、数知れないが、このような瞬間をとらえたものを知らない。

歌は、寂《さび》しさや恋しさなど、情景の意味を定めて詠まなければ成立しないものであるが、清少納言の筆は、眺めた景色の意味を云々《うんぬん》することなく、それをただ「すずろにをかしきもの」（無性《むしょう》に興味惹《ひ》かれるもの）として、そのまま描き取ってみせる。自ら経験のない「炭焼き」や「農夫」（田子《たご》）の思いを詠む虚構とは無縁だ。

しかし、「月」として一つ挙げるならば、夜半、東の山の端に細くかかる、下弦《*かげん》の月だと言う。やがて山の端に沈むことなく、朝方の空に、光弱まって

＊天に張り弓―月。弓張月（半月）のこと。道長と定子の兄弟の間に起きた闘争は、兄弟らの「花山院誤射事件」などを経て、道長勝利で決した。

＊下弦の月―満月から新月に至る間の半月。弓張の弦を下にして月の入りとなる。

消えていく、有明の月である（「月は」二三八段）。

加えて言うなら、清少納言は決して冬の月をけなしてなどいない。後世《こうせい》、いかにも「すさまじきもの」（興《きょう》ざめなもの・二三段）などに、「十二月《しはす》の月夜」を数《かぞ》え挙げたように言われる清少納言であるが、例によって、その話のきっかけは紫式部であるようだ。

「十二月二十四日」のイブの夜に、導師《どうし》の御説経を聞き終えて出てくる人々の様子や、そこから始まる牛車二人乗りの夜行《やこう》シーンなど、それこそ、現代のクリスマス・イブの雰囲気さながら、たいへんロマンティックだ。ただし、イブというのは、ここでは、定子の行った法会《ほうえ》「御仏名《ごぶつみょう》の初夜《そや》」のことである（「十二月二十四日、宮の御仏名の初夜」二八二段）。男の朗詠がすばらしかった。『枕草子』には、月夜のシーンと漢詩の朗詠をうまく取り合わせた例が多い。

紫式部は、『*源氏物語』「朝顔」巻で、「冬の夜の澄《す》める月」をめぐり、光源氏に、「すさまじき例《ためし》に言ひ置きけむ人の、心浅さよ」（…例に挙げた人のセンスのなさよ）と言わせている。『枕草子』の話でも有名な「香炉峰《こうろほう》の雪」の詩（『*白氏文集《はくしもんじゅう》』）に拠《よ》る場面だ。清少納言は、そのとき、御簾《みす》を「高く」

＊源氏物語―光源氏を主人公とする長編物語。紫式部の作。

＊白氏文集―唐の白楽天（実名は居易《きょい》）の詩文集。

揚《あ》げるというただひとつの動作によって、定子のもとに集う人々の、「思うことなき」心情を鮮やかに表現した。原詩の意味を大きく転じ、今ここに生きる者の言葉として、再生したのである（「雪のいと高く降りたるを」二七八段）。

遺愛寺《いあいじ》ノ鐘ハ枕ヲ欹《そばだ》テテ聴キ、香炉峰ノ雪ハ簾《すだれ》ヲ撥《かか》ゲテ看《み》ル

＊匡廬《きようろ》における、白楽天《はくらくてん》の草堂の簾は下ろされた状態で、雪山も、寝たまままわずかに撥《は》ね上げて見遣《や》るのみであった。

清少納言の、この「山の端に隠れる月」の歌は、月とわが身をぴたりと重ね、人生に対する名残《なごり》の思いと、この世の名残を象徴する景物「月」を一つのものとして詠む。この世に何の未練《みれん》もないはずの世捨て人でさえ、ただ「空の名残」だけが惜しいと言った（＊『徒然草』二〇段）。人が、日々名残を惜しむ対象こそ、月だった。

名残のみを残して、二度と再び昇《のぼ》らぬ月こそ、人の命の終《つい》の姿である。＊大《おお》江千里《えのちさと》の名歌、＊「月見れば千々《ちぢ》にものこそ悲しけれわが身一つの秋にはあらねど」（『古今和歌集』秋上）の表現を踏まえながら、また新しく、人生の真実について謳《うた》い上げた一首と言える。

＊匡廬―江州（中国江西省）廬山《ろざん》の別称。

＊徒然草―21参照。

＊大江千里―平安前期、宇多天皇のころの儒者、歌人。

＊「月見れば」の歌―こうして月を見ると、われ知らず、ひたすら心乱れて悲しいのです。自分ひとりだけに訪れた秋ではないのに。

17

あらたまるしるしもなくて思《おも》ほゆる古《ふ》りにし世《よ》のみ恋《こ》ひらるるかな

【出典】清少納言集・三四　［今の世］

世の中は新しく変わる気配もなく、私はただ、あの過ぎ去った懐《なつ》かしい時代ばかりが恋しくてならない。

【詞書】衛門のおとどの参ると聞きて
（衛門のおとどが、御所に上がると聞いて、詠んだ歌）

「衛門《ゑもん》のおとど」（詞書）は、かつての同僚女房《にょうぼう》などで、定子亡きあと、再び宮仕《みやづか》えすることになった者のようだ。御所に上がるという噂を聞いて思うことは、ただひたすら、「古りにし世」のことのみであった。定子生前の、過ぎ去った昔のことばかりが思い出されて、恋しくてならなかった。

藤原行成《こうぜい》は、定子の死の直後、次のような歌を詠んでいる。彼が『権記《*ごんき》』に書き残した、唯一の自詠《じえい》である。

*権記―藤原行成の書いた公家日記。行成の極官（最高官位）「権大納言」による

世の中をいかにせましと思ひつつ起き臥《ふ》す程に明け暮らすかな
――この世の中、一体どうしたらよいのかと、思い悩んで明け暮らすのだ。

家集には、その「古りにし世」に関わる歌が複数あって興味深い。

次は、内裏《だいり》女房の「*命婦《みょうぶ》」が、*職《しき》の定子のもとを訪れたときの歌である。宵の内に帰り、翌朝、清少納言らに宛てて文《ふみ》を寄越した。

とどめ置《を》きし魂《たましひ》いかになりにけん心ありとも見えぬものから
（清少納言集・二七）

――そのまま置いて参りました私の魂は、どうなってしまったでしょう。心ここにあらずという状態ですので……（お尋ね申します）。

あまりに名残が惜しまれて、心ごとあとに残してきてしまった。

*長徳《ちょうとく》の変を境に、定子は、常の住まいとしては、二度と内裏に戻ることがなかったが、文や言葉をたずさえて、一条天皇との間をつなぐ者たちがいた。大切な、心の*行幸《みゆき》の供奉《ぐぶ》者である。

家集には、*藤原為頼《ためより》や、*済時《なりとき》などの存在も載せている。為頼は、花山《かざん》天皇の、謀略《ぼうりゃく》による退位事件後、不遇《ふぐう》をかこった。「七日関白」*道兼《みちかね》の死を嘆

名。

＊命婦―当時、宮仕え女房の呼称の一つ。ここは、一条天皇付きの女房。

＊職―職の御曹司（みぞうし）。中宮関係の実務を執る中宮職の建物。

＊長徳の変―定子の父関白道隆の死後に起きた政変。伊周・隆家兄弟は左遷されて、道隆の弟道長が覇権を握り、中関白家は没落した。

＊行幸―天皇の外出。ぎょうこう。

＊藤原為頼―生年不明～長徳四年（九九八）。東宮（花山）権大進など。

＊済時―藤原済時。天慶四年

く、*家司《けいし》*相如《すけゆき》の歌もある。道兼は、中関白道隆《なかのかんぱくみちたか》のあと、あっけなく世を去った。父兼家を助けて花山天皇を欺《あざむ》き、一条天皇の即位を早めたのは、この道兼だった。『栄花《えいが》物語』では、「見果てぬ夢」の巻の人々である。

また、左遷《させん》説などもあるが、実方の陸奥下向《げこう》の時期は、天下を二分した、長徳の変勃発《ぼっぱつ》のころと重なる。彼にとって守るべきは、養父済時の娘・女御《にょうご》娍子《しゅうし》が産んだ、東宮《とうぐう》（三条天皇）の第一皇子の未来だった（23参照）。

実方については、次のような歌も並ぶ。

内なる人の、人目包《つつ》みて「内にては」と言ひければ、
出《い》づと入《い》ると天《あま》つ空なる心地《ここち》してもの思《おも》はする秋の月かな
（清少納言集・三二）

——姿を見せたり隠れたり、ただ遠くながめるだけの私を嘆かせる、
あなたはまるで、秋のお月様のような女性《ひと》。

「内なる人」とは、宮仕《みやづか》え女房のことだが、「御所ではちょっと…」と人目を憚《はばか》り、実方を避けた。

『実方集』には、清少納言が「私をお忘れですか」と声をかけた話もある。その場は黙って立ち去り、すぐに歌を詠んで寄越した。*応酬《おうしゅう》としては、な

（九四一）～長徳元年（九九五）四月。大納言。

＊道兼―藤原道兼。道隆は兄、弟に道長。長徳元年（九九五）五月、病により急逝、三十五歳。

＊家司―主家の家政にたずさわる、側近的立場の家臣。

＊相如―藤原相如。生年不明～長徳元年（九九五）五月。

＊実方と清少納言の応酬―このやり取りは、家集の流布本にもある。実方の歌は、『後拾遺集』恋二にとられている。

かなか息が合っている。

忘れずよまた忘れずよ瓦屋《かはらや》の下焚《したた》く煙《けぶり》したむせびつつ（実方）

――返す返すも忘れないよ。心変わらず、かわら屋の、見えない所（心の奥）で燃えて燻《くすぶ》る思いの煙に、人知れず泣きむせびながら。

葦屋《あしのや》の下焚く煙つれなくて絶えざりけるも何によりてぞ（清少納言）

――瓦焼く、葦葺《あしぶ》き小屋の煙のように、そ知らぬ様子で立ち（上《のぼ》り）、それで「忘れていない」だなんて、一体どうして言えるのかしら。

長徳の変の勝者、道長の歌もある。その第三句「君を置きて」は、道長が、『＊御堂関白記《みどうかんぱくき》』に特筆した一条天皇の辞世《じせい》歌（28参照）を思い起こさせる。清少納言が清水寺《きよみずでら》に参籠《さんろう》した折に詠み送ったものという。

思ひきや山のあなたに君を置きてひとり都の月を見んとは

（清少納言集・七）

――私としては、思ってもみなかったことだ。あなたを遠く山の向こうに置いたまま、こうしてひとり、都の月を見るなんて。

知られざる世のできごとが、『枕草子』と家集と二つながら、少しずつ、角度を変えて語られている。

＊御堂関白記―摂政太政大臣藤原道長の日記。名は、道長造営の御堂（法成寺）と、通称「関白」にちなむ。

18

風のまに散る淡雪《あはゆき》のはかなくてところどころに降るぞわびしき

【出典】清少納言集・三五　［今の世］

まるで、風に吹かれて散る淡雪のようにはかなく心細く、皆があちらこちらに離れて暮らしていることこそ、本当にわびしいものです。

「風のまに散る淡雪」は、自分も含め、定子亡き後、御所を去って、散り散りになってしまった仲間たち、かつての同僚女房のことを指しているだろう。「降る」に「経《ふ》る」を掛ける。

政変時には、自身、道長方への通謀《つうぼう》も疑われ、つらい思いも経験したが、聡明《そうめい》な主《あるじ》のもと、後宮の皆は一致団結して信頼し合い、どんな時もともに生き抜いてきた。

思い出されるのは、悲しみではない。定子を囲んで、互いに慈《いつく》しみ、笑い語り合って過ごした、かけがえのない日々である。常に職《しき》を訪れる人々は多く、天皇の御文《ふみ》も絶えることがない。

清少納言には夢があった。

宮中出仕《しゆっし》の女房たちを集めて暮らす、広い邸《やしき》を持つことである。『枕草子』「宮仕へ人の里なども」（一七八段）ほかに語られている。「宮仕へする人々の出《い》で集まりて、おのが君々、その家あるじにて聞くこそをかしけれ」（二八三段）など、『堤中納言物語《つつみちゅうなごんものがたり》』の「はなだの女御」の場面を思わせる。家集には、次のような歌もある。

いかにせん恋しきことのまさるかななかなかよそに聞かましものを

（清少納言集・三六）

「どうしよう…恋しい思いが募《つの》るばかりで。かえって、遠く、他人事《ひとごと》としてだけ、聞いていればよかった」。心深く封じ込めた思いが溢《あふ》れてくるのを押《お》さえられない。恋の歌としても読めるが、今の世にあって、彼女の心を占めていたのは、懐かしい時代と、その思い出を共有する、大切な仲間たちへの忘れられぬ思いだ。

＊宮仕へする人々の―宮仕えをする女房たちが、退出して来て集まり、それぞれ自分の主の君の話をするのを、その家の主人として聞くのこそ、楽しいものだ。

＊「はなだの女御」―平安末期に成った短編物語集『堤中納言物語』の一話。女房の姉妹たちが集まって、それぞれ、自分が仕える姫君を花にたとえて語り合う。定子やその妹たち、また、道長の娘彰子、女院詮子の話も出てくる。

19

忘らるる身のことわりと知りながら思ひあへぬは涙なりけり

【出典】清少納言集・一　［涙］

あなたに忘れられてしまっても、しかたがないとわかっていないながら、それでも、こらえ切れないのは、わが涙なのでした。

【詞書】ありとも知らぬに、紙三十枚に文を書きて（消息もわからないのに、紙三十枚に手紙を書いて、詠んだ歌）

女性としての美的理想に遠く、男性顔負けの「才知の方面によってしか生きられない」*などと言われる清少納言であるが、どうしてどうして、なかなか情熱的な恋愛をしていたようである。

定子の側近《そっきん》女房としての活躍ぶりが、のちの清少納言不美人説に繋《つな》がっているだろうことは否《いな》めないが、本人の自意識の核心はそんなところにはなかったのではないだろうか。顔のことや髪のことや、声のことに触れて言及《げんきゅう》

＊「才知の方面に…」―永井和子「枕草子の光と影」（『日本古典文学全集　枕草

子　月報」小学館　一九七四）

する部分を読む限り、それは、人として、女性としていつの世も変わらぬ思いと見て取れる。

美しい人の面影《おもかげ》を描出《びょうしゅつ》する方法に、彼女の美意識のあり方を見ることができるように思う。

『枕草子』中、定子《ていし》の美しさは、清少納言のために絵を指し示す「先がほんのり色づいた白い指」の様子（「宮に初めて参りたるころ」一八二段）や、さりげなく遮《さえぎ》った袖の陰に覗《のぞ》く「白くくっきりとした額《ひたい》」の様子（「上《うへ》の御局の御簾の前にて」九八段）に表わされる。

髪上げ姿の正装時、すっきり出された美しい額のその下の面《おも》ざしは、釵子《さいし》（かんざし）の重みに少し偏《かたよ》る前髪の様子を描いて想像させる（「関白殿、二月十日のほどに」二五六段）。

かの有名な、『源氏物語』「末摘花《すえつむはな》」の容貌描写は、この対極《たいきょく》にあると言えようか。「普賢菩薩《ふげんぼさつ》の乗り物」（象のこと）のような、不格好な鼻に驚きつつ、源氏が、その額から下へ、横目でたどる姫の顔は「おほかた、おどろおどろしう長きなるべし」（きっと、おそろしく面長なのだろう）と記されている。清少納言の美しさは、たいへん華やかな、赤色に桜重ねの唐衣姿《からぎぬすがた》が似合う人、と言っておこう。赤色の唐衣をまとい、内に、白から紅《くれない》など「桜重ね」の五衣《いつつぎぬ》を合わせる。主家盛時《しゅかせいじ》における晴れ姿である。

さて、家集に伝わる和歌からは、清少納言のまた別の表情を窺《うかが》うことができる。ここに選んだ歌は、『清少納言集』（異本系）の冒頭の一首である。詞書に「ありとも知らぬに、紙三十枚に文《ふみ》を書きて」とある。「心変《かは》りたる男に言ひ遣《つか》はしける」という詞書で、『*詞花《しか》和歌集』恋下に入っている。「ありとも知らぬ」とは、「消息もわからない」ということ。『枕草子』「殿《てん》上《じょう》の名対面《なだいめん》こそ」（五八段）に「ありとも聞かぬ人」とある。音沙汰《おとさた》のなくなってしまった恋人なのか、その「名告《なの》り」を聞いたときの女の気持ちを慮《おもんぱか》る部分である。

この詞書は、「無事でいるかもわからない」というほどの意味であろうか。どこでどうしているかもわからぬ相手に、そのように長い手紙を書く心情とは、あまりに切ない。激しくも、はかない恋物語の始まりのようでもある。従来の、『枕草子』作者・清少納言像に照らして、意外と言えば意外である。

深い思いを秘めて、「遠き人のもとに」宛《あ》てて送った文《ふみ》もある（14）。『枕草子』「心もとなきもの」（気がかりなもの）の段（一六四段）には、

＊詞花和歌集―天養元年（一一四四）の崇徳上皇の院宣によって編集された、六番目の勅撰和歌集。撰者は藤原顕輔。

「遠方の恋人からの文」を挙げている。固く閉じられた封《ふう》を解き放つ間も、もどかしい。

「心もとなき」感情とは、「ゆかし」（「見たい」「知りたい」「聞きたい」など）と感じる場合のようにもはや鷹揚《おうよう》に悠長《ゆうちょう》に構えてはいられぬ、切実で余裕のない感情、つまり、より当事者的な感覚にほかならない。「とく（早く）ゆかしきもの」の段（一六三段）にも「ゆかし」「恋人からの文」が挙がるが、遠方の恋人からの手紙となると、そこに「ゆかし」と感じていたときの余裕は一切《いっさい》ない。

『枕草子』の文章も、当時の表現的な規範《きはん》として、和歌と無縁ではないが、それとはまた異なる角度から、人の心と言葉について見つめたものである。

清少納言は、歌作《かさく》を通して、人間をどのように描き出したであろうか。

家集によれば、そのモチーフは、おもに恋と涙と言えそうだ。

この歌では、類型的《るいけいてき》に「涙」－「塞《せ》きあへぬ」（止められない）と詠むのではなく、「思ひあへぬ」（我慢《がまん》できない）主体として、「涙」をとらえたところが新しい。

涙の歌を見ていく。

20

心には背《そむ》かんとしも思はねど先立つものは涙なりけり

【出典】清少納言集・三八　［涙］

心のうちでは、もう嫌《いや》だ（打ち捨ててしまおう）とも思っていないのに、最初に流れるのは、涙なのでした。

涙は、現状《げんじょう》に対してもっとも素直に抵抗する。

清少納言の和歌的な知識や才能について評価するには、彼女の作品である『枕草子』に親しむ必要があるだろう。

例えば、「うつくしきもの」（一五五段）とは何か。また「憎きもの」（二五段）とは何か。私たち読者は、それぞれの章段に挙がる種々の事物を通し、「〜(な) もの」について体感《たいかん》しながら、やがてより深い意味へと誘《いざな》われていく。列挙《れっきょ》された事物について、それが彼女の感覚なのだ、しかし私はこう思う…というところで思考を止めてしまわず、章段全文の構成の中で語られている、「〜(な)もの」の本質に迫っていかなければならない。

章段冒頭の言葉(題詞)「〜(な)もの」とは、「〜(な)もの」の本質について探《さぐ》っていく心の旅の入口である。かつては、集まった女房たちが口々に思うところを述べ、それを清少納言が筆録《ひつろく》・整理したものであるなどという見方もあった。

「〜(な)もの」の正体は、挙げられている素材の本質ではなく、そのように感じる人の心の働きそのものなのである。「うつくし」「憎し」など、一つの言葉で表わされる感情を形作っているさまざまな要素が、読み進めるにしたがって明らかになっていく仕組みである。

清少納言の和歌についても、他の用例によって意味をあてはめる、常套《じょうとう》的《てき》な読み方では不十分かもしれない。それでは、つかみ切れないところが出てくる。この歌も、類型の枠《わく》にはめて読もうとするとき、ただ「出家《しゅっけ》」をめぐる詠歌《えいか》として受け止めることになりかねない。「先立つ」「背く」という言葉を用いて表現された、この歌ならではの主題があるのだ。機知《きち》的であると同時に、哲学的でもある。

『古今和歌集』雑下、小野篁《たかむら》*の歌は、生きる姿の矛盾をとらえる。

しかりとて背かれなくに事しあればまづ嘆かれぬあな憂《う》世の中

——だからといって打ち捨ててしまうこともできないのに、何かあるとまずため息が出てしまう、ああ、つらいこの世の中よ。

清少納言の歌は、食い違う心と涙のありようをとらえて、わが姿を描き出す。その作品については、「自己を凝視《ぎょうし》し内省《ないせい》する」タイプの紫式部と比べ、客観性や深い思想性を欠くように評されるが、清少納言の筆がとらえて表わすものは、思考の跡《あと》ではなく、思考そのものである。物事の本質をつかんだ歌を詠んでいる。家集における「涙」の歌群や、『枕草子』に見る「涙」の描写などは、特に興味深い。

思《おも》はじとさすがにさるは返せども従《したが》はぬはた涙なりけり

（清少納言集・四一）

——「もうあなたのことなど思いますまい」と、そう言い返すものの、でもやはり、その言葉に従わない、私の涙なのでした。

心は、人間の存在そのもののようであって、そうでない。ああもこうも思

＊小野篁―平安初期、嵯峨天皇（上皇）のころの文人。隠岐配流の経験を持つ。

うのが心だけれど、ただ真《ま》っ直《す》ぐに流れ出る、どうしようもないものがある。それが涙だ。それこそ、本当の私である、と。

また、あるときは、定子からのメッセージを受け取って、思わず涙する姿を、「まづ知るさま」と表現している。山吹の花びら*に、直接、定子の手で七文字、「いはでおもふぞ」と書いてあった。政変直後の秋、もの言えぬ花のごとく、もの言わぬ孤独な清少納言の心を読み取り、ありありとその面《おもて》に浮かびあがらせる趣向である（「故殿などおはしまさで、世の中に」一四六段）。

これは古歌「世の中の*憂きも辛きも告げなくにまづ知るものは涙なりけり」によるが、『枕草子』において涙は、忌《いま》わしいものではない。〈悲しいから涙する〉という定型としてでなく現れ、重要な場面に描き取られている。清少納言と交流のあった和泉式部は（29参照）、「あはれなる事」「あやしき事」などの題を掲げた歌作りをしている。次は、心のこもった手紙を読んで、という詞書がある歌（『和泉式部集』）。後朝《きぬぎぬ》の文《ふみ》であったろうか。

身は行けどとどまりぬるは先に立つ涙をもどく心なるべし

――体は行ってしまっても、残りとどまっていたのは、まず先に立って行く涙をとがめる、心だったのですね。

＊山吹の花びら―長徳二年（九九六）の春、政変の渦中に採取されたものの押し花などか。政変については、09ほか参照。

＊「世の中の」の歌―この世の憂いも辛さも、教える前に、まずそれを知るのは、涙なのであった。『古今集』雑下。

21

憂《う》き身をばやるべき方《かた》もなきものをいづくと知りて出《い》づる涙ぞ

【出典】清少納言集・三九　［涙］

つらいことのみ多いこの身をどうすることもできないのに、どこに行けばよいと知って、次々と流れ出てくる涙なのであろうか。

鎌倉時代の初め、*鴨長明《かものちょうめい》は、その著作『*方丈記《ほうじょうき》』で、世の中と人の命のありようとを、消えては生まれ、生まれては消える水の泡《あわ》にたとえた。「行く川の流れは絶えずして、しかも、もとの水にあらず。淀《よど》みに浮かぶうたかたは、かつ消え、かつ結びて、久しくとどまりたる例《ためし》なし」。*兼好法師の『*徒然草』は、「『枕草子』を継《つ》ぎて書きたるもの」（*正徹《しょうてつ》）とも言われ、鎌倉時代の終わりに成《な》った。あわせて日本三大随筆《ずいひつ》と称される。

＊鴨長明―下鴨神社（京都）の禰宜《ねぎ》の家系。のちに出家、隠棲。
＊方丈記―建暦二年（一二一二）の成立。
＊兼好法師―卜部《うらべ》氏、神官の家系。宮廷に出仕し、のちに出家、隠棲。
＊徒然草―元弘元年（一三三一）

長明が、*生住異滅《しょうじゅういめつ》、うたかた（泡）のごとく、「久しくとどまりたる例」なきものと述べた人の世を、兼好は、「定めなきこそ、いみじけれ」（この世は、無常であるからこそ、すばらしいのだ）と、とらえ返してみせた。文学の根幹《こんかん》にあったのは、この世に不変なるものはないという、無常観《むじょうかん》だった。

これに対して、『枕草子』の世界はどうであったろうか。

清少納言は「時」について、「*ただ過ぎに過ぐるもの」（二四五段）としてのみとらえたのではなかった。確かに、一生のできごとや、季節の移ろいを、刹那《せつな》の夢のように感じるのが人間である。それにしてなお、「春はあけ*ぼの」なのであった。

「時」とは、生きとし生けるものの「命」とともにある、私たちの存在そのものである。それこそが、

春は、あけぼの。

という、作品冒頭の、短い一句に凝縮《ぎょうしゅく》された真理である。

「春」という季節は、「あけぼの」という、美しいひとときのうちに象徴されるものであった。和歌では表現することが難しい世界観である。

清少納言の言葉は、常識的な感覚や社会的な通念を乗り越えて、主体的に

頃までに成立。

＊正徹—室町時代の歌僧。その書『正徹物語』（下巻「清巌茶話」）。

＊生住異滅—生じ、存在し、変化し、消滅する四つの相をあらわす。

＊ただ過ぎに過ぐるもの—ただひたすら（どんどん）過ぎ去るもの

＊あけぼの—夜が、ほのぼのと明け始めるころ。

生きるすべについて教え、考えさせてくれる。

この歌も、やり場のない身にあって、いったいどこを目指して出る涙か…と、機知的な言葉遊びの形を取りながら、涙する行為のうちに、今を生きる人の姿、命のありようをとらえて新鮮である。

何事も、思うに任《まか》せぬ憂鬱《ゆううつ》な身の上は、これも水に浮かぶうたかたのようにあてどなく、実に頼りないものである。そんなはかない身に、なお、涙ばかりは留《とど》まることを知らず、流れつづけるのであった。しかし一首の主役は、頬《ほほ》を伝う、その温《あたた》かい涙であるようだ。

「身をやる方」の歌は、紫式部も詠んでいる。いずれも、『千載和歌集』[*]にとられている。


忘るるは憂き世の常と思ふにも身をやる方のなきぞわびぬる　（恋五）

――忘れ捨てられてしまうのも、男女の常とは思うけれど、わが身のなぐさめようのないことがつらいのです。

いづくとも身をやる方の知られねば憂しと見つつもながらふるかな　（雑中）

――どこへともわが身のやり場が知れぬので、つらいながらも生きな

＊千載和歌集―寿永二年（一一八三）の後白河院の院宣によって編集された、七番目の勅撰和歌集。

がらえているのです。

清少納言のほう、「涙」の歌では、家集に、男が詠んだ次のような一首も入っている。

白玉《しらたま》は涙か何ぞ夜《よる》ごとに居《ゐ》たる間《あひだ》の袖にこぼるる（清少納言集・三〇）

「『今宵《こよひ》、逢《あ》はむ』と言ひて、さすがに逢はざりければ」という詞書がつく。

約束だけはしたものの、さすがに逢わなかったということらしい。振られた男の歌は、『伊勢物語』六段「芥河《あくたがわ》」の話で知られる一首「白玉か何ぞと人の問《と》ひしとき露《つゆ》と答《こた》へて消《き》えなましものを」（それは真珠《しんじゅ》かと、あなたが尋ねたとき、いいえ、はかない露ですと答えて、わが身ごと消えてしまえばよかった）を髣髴《ほうふつ》させる。

——この白い玉は、（夜露《よつゆ》ならぬ）涙か何かでしょうか。毎夜毎夜、逢ってくれぬあなたを待って座《すわ》っている、私の袖にこぼれ落ちる、この白い玉は。

清少納言は、「…どなたも問うてはくださいませんが」というような、男の、こうした歌は気に入っていたのではないだろうか。

22

夜《よ》を籠《こ》めて鳥のそら音《ね》ははかるとも世《よ》に逢坂《あふさか》の関《せき》はゆるさじ

【出典】枕草子・「頭弁の、職に参りたまひて」一三九段　［鳥のそら音］

真夜中に、偽《にせ》の鶏鳴でごまかそうとしたって、ここ逢坂の関は（函谷関とは違うのです）、よもや、うっかり騙《だま》されてあなたを通したりはしませんよ。

『百人一首』にも選びとられた、清少納言の代表歌である。『後拾遺和歌集《ごしゅういわかしゅう》』雑二に、第二句「鳥のそら音に」の形で、長い詞書とともに入集《にっしゅう》している。「鳥のそら音」というのには、典拠《てんきょ》がある。中国の孟嘗君《もうしょうくん》の故事である。

歌の相手は、『枕草子』にもよく登場する藤原行成《こうぜい》。行成は、和様《わよう》書道の達人で、小野道風《とうふう》、藤原佐理《すけまさ》と並んで三蹟《さんせき》の一人に数えられ、また、藤原公任《きんとう》・藤原斉信《ただのぶ》・源俊賢《としかた》とともに、一条朝に活躍した四納言として名の挙が

【詞書】（『後拾遺集』雑二）大納言行成、物語などし侍りけるに、内の御物忌に籠もればとて、急ぎ帰りてつとめて、鳥の声にもよほされて、と言ひおこせて侍りければ、夜深かかりける鳥の声は函谷関のことにや、と言ひにつかはしたりける

る、誉《ほま》れ高き天下の偉才《いさい》である。

この歌も、そのような行成を相手に、女性ながら、得意の漢学の知識によって、堂々と渡り合ったものと評されている。言い寄る男の戯言《ざれごと》を、ぴしゃりと見事に切り返した、清少納言会心《かいしん》の作と思われている。

しかし、この歌、実は失敗作なのであった。そのいきさつは、『枕草子』「頭弁《とうのべん》の、職《しき》に参りたまひて」に記《しる》されているのだけれど、清少納言の代表歌が、失敗から生まれた名歌であることは、従来、知られていない。

「鳥のそら音」の故事は、例の「鶏鳴狗盗《けいめいくとう》」で知られる。斉《せい》の公族《こうぞく》孟嘗君が、昔、秦《しん》にいて命を狙われたとき、同行した食客《しょっかく》の中に鶏《にわとり》の鳴き真似《まね》がうまい者がおり、その偽《にせ》の鶏鳴《けいめい》によって、函谷関《かんこくかん》を開き、逃げのびることができたという話である。この函谷関は、日没とともに閉門し、朝は鶏鳴によって開門する決まりであったのだ。

定子が*職《しき》の御曹司《みぞうし》に住まいしていたころのことである。

清少納言のもとに立ち寄って話し込んでいた行成が、そのときは、天皇の明日の御物忌《ものいみ》にお供するというので、まだ夜中に出て行った。二人の応酬《おうしゅう》は、翌朝、行成が「鶏鳴」に事寄せた文《ふみ》を送って来たことに始まる。

を、立ち返り、これは逢坂の関に侍りとあれば、詠み侍りける
（大納言行成が、話などしておりましたところ、「天皇の御物忌に（お供して）籠もるので」と言って、急いで帰って、翌朝、「（昨夜は）鳥の声にせかされて」と言って寄越しましたので、「深夜に鳴いた鳥の声というのは、あの函谷関の話でしょうか」、と言い遣《や》ったところ、折り返し、「これは逢坂の関のことです」との答えなので、詠みました歌）

＊職の御曹司―中宮職（中宮関係の実務を執り行う役所）の建物。中宮などの遷《せん》

恋文めかし、「後《のち》の朝《あした》」の飽き足らぬ思いを述べたその手紙は、達筆に任せてこまごまと言《こと》多かった。一晩中、一緒にいたかったが、無情にも「鶏の声」にせき立てられて…ということであった。

そこで、清少納言は、「大変夜深く鳴いたそうなのは、あの函谷関の鶏でしょうか」と尋ねてみた。「嘘《うそ》鳴《な》き」ですねということである。

行成からは、すぐに返事が届き、「いや、人がどっと逃げ出すあの関ではなく、あなたと私が二人相逢う、逢坂の関のことですよ」と弁解必死だ。

すかさず、清少納言が詠んだのが、かの名歌、

夜を籠めて鳥のそら音ははかるとも世に逢坂の関はゆるさじ

である。

歌には、「心かしこき関守《せきもり》侍《はべ》るめれ」（しっかりとした関守もいるようですし）という言葉も添えた。心の関守——女性としてのわが貞節《ていせつ》の心の堅固《けんご》なことを強調したものである。

しかし行成からは、折り返し、すぐまた返事があった。行成からは、三通目の文《ふみ》になる。今度は歌だった。

逢坂は人越えやすき関なれば鳥も鳴かぬにあけて待つとか

御《ぎょ》先となる。第一皇女出産後、長徳三年（九九七）以降、定子の主な御在所となっている。

従来は、清少納言の女性としての軽薄さ、外聞《がいぶん》の悪い素行《そこう》について揶揄《やゆ》した歌と考えられているが、それはひどい。

「偽の鶏鳴」をめぐって展開したやり取りであることを踏まえて解せば、行成のこの返歌は、

——（そう、これは、あなたも今はっきりと認めた、函谷関ならぬ逢坂の関。）逢坂の関は、なるほど、越えるに楽な関だからなんでしょうね。鳥も鳴かぬのに、いついつでもあけて待つとかいうことですよ。さあ、どうですか？

ということになろう。

確かに、「逢坂の関」であれば、行成がつい口（筆）をすべらせた嘘の「鶏鳴」はもう問題にするべくもない。なぜならそこは、函谷関と違って、鶏鳴と無関係にいつでも開いている関であったからだ。

よって、はなから、「逢坂の関はゆるさじ」も何もなかったのである。

清少納言は一本取られて、言葉もない。ここで定子《ていし》は、「逢坂の歌は、詠みへされて、返り事もせずになりにたる、いとわろし」（逢坂の歌は、一方的に詠み圧《へ》されてしまって、言い返すこともできずじまい。駄目ねぇ）と言

った。笑いつつも、叱咤激励《しったげきれい》調であるのが、おもしろい。勝敗を決めた原因が、素行問題などではなく、言葉のやり取りにあったことも、主《あるじ》のこの評に明らかである。

さて、行成との応酬（第一回戦）には負けてしまったが、清少納言の歌は、史記列伝《しきれつでん》の世界の「函谷関」と、誰にも親しみ深い「逢坂の関」とを、「鶏鳴」によって、即座に結びつけて巧《たく》みに詠んだものである。和歌でお馴染《なじ》みの恋の関所も、なかなかの難所《なんしょ》なのである。そう簡単には越えられぬ、男女の仲の最後の一線、砦《とりで》である。

　　女のもとに遣《つか》はしける

人知れぬ身はいそげども年を経《へ》てなど越えがたき逢坂の関

（『後撰和歌集』恋三・藤原伊尹《これまさ》）

――人知れず思いつづけるこの身は焦《じ》れるばかり。長い間思いを寄せながら、あなたと逢うのは、どうしてこうも難しいのでしょう。

さて、清少納言の歌は、失敗から生まれて名歌となった。恋歌贈答の歴史の上に、ゆるぎなく築き上げられた、本邦《ほんぽう》「逢坂の関」の存在が、高らかに謳《うた》い上げられている。

『枕草子』によれば、このときの行成との応酬には、第二回戦があった。あとで行成がやって来て、清少納言から届いた例の歌を、殿上人《てんじようびと》みなに見せてしまったと告げる。しかし、清少納言は自分の失敗作を広められて怒るどころか、また即座に、「それでこそ、あなたの真心を確信しました」と言う。今度は、清少納言が一本取ったのである。

それは、こういうことである。

行成が、思わず得意になって、清少納言の歌を広めたのは、実は、その失敗作の真価を、もっとも良く理解していたからなのであった。それこそが、歌の詠み合いに勝った喜びの核心である。その行成の心を見誤《みあやま》ったりせず、鮮やかに指摘した清少納言であった。

二人の応酬は、決して相手を打ち負かし、へこませ、圧倒してしまおうというようなものではない。『枕草子』の中で、清少納言らを中心に繰り広げられる言葉の応酬は、決してそのような種類のなぐさみごとではない。

行成の「偽の鶏鳴」をあげつらうことから出発したやり取りであったが、行成の弁解の言葉にある「逢坂の関」の存在について讃《たた》え、世に長く伝えられる歌が一つ、生まれたのである。

「失敗は成功のもと」というような次第で世に出た歌であったが、清少納言は、行成の「真心」をしっかりと受け止めていたのだ。そうでなければ、言葉の応酬ゲームは成り立たない。

歌だけが一人歩きして流布《るふ》した場合を考えると、確かに、自分が負かした〈清少納言の歌〉を広めた行成も、自分の失敗を指摘する〈行成の歌〉を「見苦しい」からと隠した清少納言も、それぞれ正しく、相手のために行動していたのだった。行成の歌は、一連のやり取りの結論としてでなく、単独に流布してしまったとき、女性の素行をあげつらう「見苦しい」歌に見える。それは、行成にとっての恥となろう。

行成は、今の世、そのように解されてしまっていることを、どう思うであろうか。清少納言についても、大したこともない知識で知ったかぶりをし、男性官人を打ち負かしたつもりになっている「お人よし」と見る向きもある。章段の最後で、清少納言は、直接、「思ふ」（好きだ）と言われるより、ただ無邪気に、「あなたのことを人が褒《ほ》めていた」と喜んでくれるとき、その人の「思ふ」気持ちが真っ直ぐ伝わって嬉《うれ》しいという意味のことを言っている。人の「真心」とは、そのようなものであるかもしれない。この会話の相手は、源経房《つねふさ》。まず「長徳の変」下に成った『枕草子』を、初めて世に広めた人物である（14参照）。

さて、「夜を籠めて」の歌は清少納言の代表作として、定家の『百人一首』に選びとられた。その最後をしめくくる後鳥羽院《ごとば》*・順徳院《じゅんとく》*父子の歌がない形の集（『百人秀歌』と称される）には、いま見る『百人一首』にはない、定子の辞世歌（本書後掲、26）が含まれている。

『百人一首』には、定子を支え、ともに歩んだ清少納言のほかにも、藤原*道雅《みちまさ》（定子の兄伊周の息子）や、「儀同三司《ぎどうさんし》の母」たる高階貴子《たかしなのきし》*の歌もとられて、定子の一族である中関白家《なかのかんぱくけ》ゆかりの人々が顔を連ねる。「儀同三司」とは、「准大臣」を意味する、左遷後に復位した伊周の称である。

勅撰集の基本形である「部立」の構造を離れた『百人一首』の〈編集方針〉は、種々の内容が時間の流れによって配列されない『枕草子』独特の形とも似ている。描き取られたできごとは、因果の論理を越えて、ひとつひとつ、かけがえのない意味を持つ。そこに、自明の悲劇による涙は一筋も流れていない。後代の「カルタ」に描かれた清少納言の横向きの図像には、定家が読み取った、彼女の矜持《きょうじ》も反映しているだろうか。

＊後鳥羽院—鎌倉時代の天皇。討幕をはかった承久の乱（一二二一年）に敗れ、隠岐に配流、その地にて崩御。

＊順徳院—後鳥羽天皇の皇子。承久の乱で佐渡に配流、その地にて崩御。

＊藤原道雅—正暦三年（九九二）～天喜二年（一〇五四）。「荒三位」と称される。

＊高階貴子—生年不明～長徳二年（九九六）十月。関白道隆の妻、定子の生母。

23

その人ののちと言はれぬ身なりせば今宵《こよひ》の歌はまづぞよままし

【出典】枕草子・「五月の御精進のほど、職に」一〇四段　［元輔ののち］

その（亡き）人の「のち」――「あと」とさえ言われない身の上でしたら、今夜の宴の歌も、「真っ先」に詠ませていただくところなのですが……。

清少納言らしい、ユーモラスな、機知に富む歌である。

しかし、歌われた場面やその意義は、彼女のアイデンティティーと関《かか》わって重要と言える。

この歌は、定子との贈答歌として、「ほととぎす探訪」と「詠歌御免《えいかごめん》」（公的な場で歌を詠まなくてよいというお許し）の件で有名な、大変長い章段の最後に置かれている。定子の贈歌《ぞうか》は、

＊元輔―清少納言の父、清原元輔。「梨壺の五人」の一人として、『後撰集』の編纂にあたった当代きっての学者、和歌の名手。清少納言の宮仕え前、正暦元年（九九〇）六月、任国肥後に没した。

＊深養父―清少納言の祖父（曾祖父とも）。

元*輔《もとすけ》がのちと言はるる君しもや今宵の歌にはづれては居《を》る

——あの名高い歌人元輔のあととりと言われるあなたともあろう人が、なぜ今夜の歌会《うたかい》に参加せずにいるのでしょうか？

というもの。初句の「元輔がのち」は、「元輔の後継者」というのが表の意味だが、清少納言の答歌《とうか》の核心は、それを「元輔のあと」、つまり「元輔の次」と取りなして、「すでに故人たるその人の次に、今宵の歌はどうしたって詠めっこありません」と言うことにある。

人々が言う「元輔がのち」とは、*深養父《ふかやぶ》以来のすぐれた歌詠みの孫子《まごこ》、清少納言に貼《は》られたレッテルである。

「期待通りの（場にふさわしい）歌を詠んで当然」というそのレッテルを、清少納言は、「だからこそ、私は私で新しい、今宵、この時の言葉を紡《つむ》ぎ出すのだ」という意味に大転換してみせた。

それこそが、新しい文学の旗手《きしゅ》、本当の「元輔がのち」の姿だ。次代を担う「*世継《よつ》ぎの日」たる端午節《たんごせち》に決行された取材旅行*は、元輔の娘として、自分探しの旅でもあった。

主従《しゅじゅう》息の合った応酬によって、探していた言葉が見つかった。

*世継ぎの日—25参照。例えば、実方が、養父済時と交わした歌は、五月九日に生まれた、東宮（のちの三条天皇）の第一皇子敦明親王の誕生三日を、あえて端午節と取りなして詠んだものであった。皇子は、済時の孫宮にあたる。庇護の磐石さを前提に、その将来に期待し、予祝する。「岩の上のあやめや千代を重ぬらん今日も五月の五日と思へば」（『実方集』）。

*取材旅行—清少納言は帰途、「卯の花垣根の車」を仕立てて、書くべき事件を自ら一つ創り出し、旅の土産とした。後日、ほととぎすの歌の代わりに、この短い旅で楽しんだ田舎風の味覚、「下蕨」の歌ができた。

24

空寒《そらさむ》み花にまがへてちる雪に少し春ある心地《ここち》こそすれ

【出典】枕草子・「二月つごもり、風いたく吹きて」一一〇段　［空寒み］

空が寒いので、（冷えた空から）散りくる雪は花のよう——そう見る心の内にこそ、ほんのり春があるようだ。

この歌は、藤原公任《きんとう》とのやり取りによって生まれた。

公任は、種々の芸道に通じた秀才で、『大鏡』に記された、いわゆる「三《さん》船《せん》の誉《ほま》れ」の逸話は有名。道長主催の紅葉の宴《うたげ》に遅参しながら、その才能の豊かさゆえに、道長をして「さて、どの舟に乗るだろうか」と、言わしめたことが自慢であったという。この折、舞台となった嵐山のふもと、京の大堰《おおい》川《がわ》には、和歌と漢詩と音楽、三つの舟が用意され、それぞれに秀でた者が選

＊藤原公任―関白頼忠の長男。康保三年（九六六）～長久二年（一〇四一）。『和漢朗詠集』や『拾遺集』を編纂。

＊大鏡―歴史物語。平安前期の文徳天皇から後一条天皇（道長の孫）に至る十四代の歴史を叙述。

ばれて乗ったのである。公任は、和歌の舟を選んだ。
これは、まず、公任が歌の下《しも》の句にあたる部分を書いて寄越し、清少納言が、それに上《かみ》の句を付けて完成させた。二人で一首合作《がっさく》する短連歌《たんれんが》の形式である。

ことの経緯《けいい》は、『枕草子』「二月つごもり、風いたく吹きて」の段に記されている。公任からの文《ふみ》が届いたのは、仲春《ちゅうしゅん》二月の末、風がひどく吹いて、空は黒くかき曇り、雪がちらちらとうち散る、そのような場面であった。

空寒み花にまがへてちる雪に（清少納言）
少し春ある心地こそすれ（公任）

同じ出題は、ほかの者に対しても行われたらしい。そちらは、初春のことであった。『公任集』に入る。

吹きそむる風もぬるまぬ山ざとは（ある人の答え）
少し春ある心地こそすれ（公任）

歌の趣向は、『白氏文集』「南秦雪」（南秦《なんしん》ノ雪）詩中の、次の対句《ついく》*による。
三時《さんじ》雲冷《ひや》ヤカニシテ多ク雪ヲ飛バシ、二月山寒クシテ春有ルコト少ナシ
「三時」とは、春・夏・秋、三つの季節のこと。公任の句の「少し春ある」

＊対句―表現上の対称を成し、互いに対になる二つの句。

は、漢詩の「春有ルコト少ナシ」を和文化《わぶんか》した表現である。これに付けた『公任集』の句「吹きそむる風もぬるまぬ山ざとは」は、「春らしさがほとんどない」という、原詩《げんし》の意《い》に沿った内容である。これに対し、清少納言が付けた句「空寒み花にまがへてちる雪に」は、「寒さ」よりも「春」に主眼《しゅがん》を置いたものとして、独自の新しい表現となっている。

清少納言の句では、今日のこの景色にこそ、かえって春を感じ味わうその手立てとして、散りくる雪を花と見立《みた》てているのである。

清少納言による「見立て」の歌とはどのようなものであったか。例えば、祖父深養父《ふかやぶ》の冬の歌と比べてみよう。

冬ながら空より花の散りくるは雲のあなたは春にやあるらん

（『古今和歌集』冬）

冬の雪を花に見立てて、「冬なのに、空から花が散ってくるのは、雲の向こうは春だからであろうか」と詠む。降る雪をめぐり、歌の表現技巧によって、いちはやく春の気配《けはい》を詠みこんでみせたものである。

一方、清少納言の句は、春のひと日における、まさに「春ある心地」を表現したものである。「風いたく吹きて、空いみじく黒きに、雪すこしうち散る」という、「少有春（春有ルコト少ナシ）」の句を引くのにふさわしい日に成《な》された、会心の表現と言えよう。

ただ今、目に映《えい》じている「雪」は、心の中で、そのまま「花」となって散ることになる。その点で、深養父の冬歌における「見立て」とは異なるのである。それこそが、花咲く春の盛りに体感《たいかん》する、真実、「春ある心地」であろう。

春、落花《らっか》を雪に見立てることも多い。次の歌の「空に知られぬ雪」というのは、吹く風は寒くないのに散る、落花の雪である。紀貫之の詠。

桜散る木《こ》の下風《したかぜ》は寒《さむ》からで空に知られぬ雪ぞ降りける（『拾遺和歌集』春）

清少納言の句は、雪がまさしく花となる瞬間をとらえて、王朝和歌の「見立て」の類型には収まり切らない表現である。

人間の心のありよう・働きについて、与えられた好機《こうき》を逃さず、見事に切り取って鮮やかに表現した。技巧を越えたわざである。きっかけとなった相手の言葉の可能性を最大限に生かし、引き出して成立する、清少納言の秀句《すく》（『枕草子』中に記しとどめられた数々の機知的表現）の本質がよく表われた例と言える。

＊「桜散る」の歌―桜が散る木の下を吹く風は寒くはなくて、空に知られていない（空からではない）雪――落花の雪が降ることよ。

25

みな人の花や蝶《てふ》やといそぐ日もわが心をば君ぞ知りける

【出典】枕草子・「四条の宮におはしますころ」二二六段　〔中宮定子〕

世の人がみな花や蝶《ちょう》やと生《お》い立つ子どものために奔走《ほんそう》するこの日、あなたこそ、（もう一人の御子《みこ》を思う）わが心をよく承知していたのですね。

古代、端午節は「*世継《よつ》ぎのための賜宴《しえん》」として、国の世継ぎが主人公となる日であった。天智《てんじ》天皇即位年（六六八）の五月五日、*蒲生野《がもうの》における大海人《おおあま》皇子の「袖振る」姿こそ、すぐれた後継者の存在を天下に知らしめる一世一代の舞《まい》のしぐさであった。

王家にとって世継ぎの日であったその日は、また、それぞれの家にとって、次代を担《にな》う子どもの日なのであった。五月五日の「あやめ」になぞらえ

*世継ぎのための賜宴―先帝の忌月などによる停廃と復古を繰り返しながら、平安中期まで行われた。天皇が世継ぎの将来を予祝《よしゅく》する節会《せちえ》の趣旨は、御子を生《な》し育てる後宮世界に舞台を移して受け継がれた。圷『新しい枕草子論　主題・手法

て、子どもの長命を寿ぎ、将来を予祝する歌が詠まれた。特に、新生児の*産《うぶ》養《やしない》や誕生五十日《いか》が、この日に重なることは吉瑞とされた。やがて中宮となる「明石の姫君」（源氏の娘）の例など、『源氏物語』の構想にも生かされている。

長保二年（一〇〇〇）の端午節に、清少納言が定子に献上《けんじょう》した菓子（青ざし）は、「花や蝶」として生《お》い育つ前の、定子懐妊中《かいにんちゅう》の《まだ見ぬ御子《みこ》》に捧《ささ》げる贈り物である。定子の歌は、その返礼。清少納言は、この「四条の宮におはしますころ」の段に、定子所生《しょせい》の三人の御子をすべて登場させて、後宮《こうきゅう》最後の記録とした。新しくこの世に送り出した御子の命と引きかえに、定子はこの年の十二月十六日、数え年二十四歳の若さで世を去る。産み落とした御子を自ら抱くことは叶《かな》わなかったが、子どもたちを思う定子の深い愛情は、この歌に凝縮され、母の普遍の祈りとして、『枕草子』に刻みつけられた。

それは確かに、「いとめでたし」という言葉で結ばれるのにふさわしい、後宮の一日のありさまであった。幼い*姫宮《ひめみや》・若宮《わかみや》を慈《いつく》しみ、そしてもう一人のまだ見ぬ御子へ思いを馳《は》せる、五月五日の定子後宮の人々のまなざしが、千年後の今日にあってもなお、私たちのすぐ傍《かたわ》らにあるごとく、温かく感じられるのである。

そして本文』（新典社）参照。

*蒲生野―『万葉集』巻一に入る、額田王と大海人皇子（のちの天武天皇）が交わした歌は、「蒲生野贈答歌」と称されて名高い。額田王の歌「あかねさす紫野行き標《しめ》野行き野守は見ずや君が袖振る」。

*産養―出産三日目・五日目などに行う祝宴。

*姫宮・若宮―定子所生の御子は三人。長徳二年（九九六）十二月十六日脩子《しゅうし》内親王誕生、長保元年（九九九）十一月七日敦康《あつやす》親王誕生、長保二年（一〇〇〇）十二月十五日媄子《びし》内親王誕生。

26

夜《よ》もすがら契《ちぎ》りしことを忘れずは恋《こ》ひん涙の色ぞゆかしき

【出典】後拾遺集・哀傷・五三六　［中宮定子］

一晩中、二人で誓い合ったことをお忘れにならないならば、そのとき、あなたが私を思ってお流しになる涙こそ、私は慕わしくてならないのです。

一条天皇に宛《あ》てた定子《*ていし》の辞世歌である。「夜もすがら契りしこと」（一晩中誓《ちか》い合ったこと）とは、生前、定子と一条天皇が七夕《たなばた》の夜に交わした約束をさす。王朝の恋人たちは、七月七日、ともに星合《ほしあい》の夜空を見上げ、天上の彦《ひこ》星《ぼし》と織姫《おりひめ》にかけて永遠の愛を誓い合った。『長恨歌《*ちょうごんか》』世界では、死後に仙女《せんにょ》となった楊貴妃《ようきひ》が、生前の七夕に交《か》わした二人だけが知る言葉（長生殿《ちょうせいでん》の誓い）を、方士《ほうし》に託《たく》して玄宗《げんそう》に伝えた。

【詞書】一条院の御時、皇后宮かくれたまひてのち、帳のかたびらの紐に結びつけられたる文を見つけたりければ、内にも御覧ぜさせよとおぼし顔に、歌三つ書きつけられたりける中に
（一条天皇の御代、皇后宮定子がお亡くなりになったあと、御帳台——寝所の垂

定子の歌は、その死後に、一条天皇と悲しみを分かち合うものとして、生きてはたらく言葉であった。道長の圧迫により、定子の短い生涯のその晩年は、実に過酷《かこく》なものであったが、后《きさき》として受けたさまざまな試練から、一条天皇が定子を守るすべはなかった。定子を愛惜《あいせき》して一条天皇が血の涙を流すとき、定子が詠み遺《のこ》したこの歌によって、彼は底知れぬ孤独の闇《やみ》から、わずかでも救われたはずである。

『源氏物語』も、その冒頭「桐壺《きりつぼ》」巻から『長恨歌』を引用して始まり、最終帖《じょう》「夢浮橋《ゆめのうきはし》」巻に至るまで、七夕伝説と無縁でないが、その先蹤《せんしょう》は、『枕草子』中に描かれた一条天皇・中宮定子の物語と、この定子辞世歌である。『枕草子』における「七夕」は、定子と一条天皇の心の交流と結びつきについて読み解くための重要な場面となっている。

定子は、『枕草子』に関わる歌も残している。

*亡《な》き床《とこ》に枕とまらば誰《たれ》か見て積もらん塵《ちり》を打ちも払《はら》はん

――この世に〝枕〟が残り伝えられたならば、いつか誰かがそれを見て、私たちが生きた、このときのままの真実について知るでしょう。

主《あるじ》亡きあとの清少納言を励《はげ》ましたのは、この歌の心であった。

れ絹の紐に結びつけられていた文を見つけたところ、一条天皇にも御覧に入れるようにとお思いのようすで、歌を三首お書きつけになっていた中にあった歌）

*定子の辞世歌―定子の死は長保二年（一〇〇〇）十二月十六日（25参照）。この歌は、『後拾遺集』の「哀傷」部筆頭の詠で、七夕をめぐる哀傷歌として初めて勅撰集にとられた。もう一首、「知る人もなき別れ路に今はとて心細くも急ぎ立つかな」（知る人とてない死出の道に、もう今はと、心細く思いながらも、急ぎ旅立つのです）とともに入る。後掲の「亡き床に」の歌のほかに、土葬を示唆する歌も残した（28参照）。

*長恨歌―唐の皇帝玄宗と楊貴妃の悲劇をもとに、白楽天が創作した長編叙事詩。

*「亡き床に」の歌―『続古今集』哀傷に入る。詞書に「枕の包み紙に書きつけられける」とある。

27

野辺《のべ》までに心ひとつは通《かよ》へどもわが行幸《みゆき》とは知らずやあるらん

【出典】後拾遺集・哀傷・五四三　［一条天皇］

送りの野辺まで、この心一つは君を慕って通っていくのだけれど、君はそれを、私の行幸とは知らずにいるのであろうか……。

【詞書】長保二年十二月に皇后宮うせさせたまひて、葬送の夜、雪の降りて侍りければ、遣はしける

（長保二年十二月に皇后宮、定子様がお亡くなりになって、その葬送の夜、雪が降っておりましたので、詠んでお遣わしになった歌）

定子葬送の日の、一条天皇の歌である。天皇は、穢《けが》れを避けるため、たとえ愛する后のためであっても、野辺送りの行列に加わることはしない。

第三子の出産により、長保二年（一〇〇〇）十二月十六日に崩御《ほうぎょ》した定子の葬儀は、二十七日に六波羅蜜寺《ろくはらみつじ》でとりおこなわれ、その亡骸《なきがら》は同日夜、とりべ*野の地に霊屋《たまや》を設《もう》けて葬《ほうむ》られた。土葬《どそう》は、定子の遺詠《いえい》の趣旨による（28参照）。

瞬《また》く間に雪が降り積《つ》み、すべてを埋め尽くした。美しいまま、雪の中に消えた人である。『栄花物語』「とりべ野」に、兄弟たちによる葬送の様子を「絵に描かせて人にも見せたいと思うほど、あわれ深いものであった」と伝える。

一条天皇の歌の「行幸」も、その夜の深雪（みゆき）と掛け重ねている。なぜ、一条天皇は、定子が自分の「行幸」に気づかないのでは…と、感じているのだろうか。

それは、〈実際はそこへ行かず、姿が見えないから…〉ということではない。わが心を定子のもとへ通わせることは、一条天皇にとって（それはすなわち一条天皇と定子二人にとってということであるが）、まぎれもない「行幸」なのである。葬送の今日、定子がそれに気づかないのは、従来の理解のように、実際にはそこへ赴《おもむ》かない、〈心だけの〉行幸であるからではない。

一条天皇には、定子がわが行幸に気づいているかいないか、もはやそれを知るすべがない、ということなのである。

それはもちろん、定子からの応答がないからである。愛する人の死を、その人からの応答のないことをもって思い知る、〝返りごと〟を得られぬ詠歌が、定子葬送の日の一条天皇の絶唱《ぜっしょう》である。心の行幸については、17参照。

＊とりべ野—現在の京都市東山区の清水寺の南側一帯に広がる。平安当時の葬送の地。六波羅蜜寺もこの近くにある。

28

露《つゆ》の身の風の宿《やど》りに君を置きて塵《ちり》を出《い》でぬることぞ悲しき

【出典】権記・寛弘八年（一〇一一）六月二十一日条　［一条天皇］

この身は消え行くはかない露の身として、風の宿るところ（すなわちこの地上）に君を残し、死に行くことのなんと悲しいことよ。

藤原行成《こうぜい》が、側近として『権記《ごんき》』に書きとった一条天皇の辞世《じせい》歌である。

歌中の「君」は、すでに亡き「＊皇后《こうごう》」定子《ていし》をさしている。このとき、周囲に道長や后たる彰子《しょうし》の姿はない。だが、道長《みちなが》による同日の記録（『御堂関白《みどうかんぱく》記《き》』）によれば、この歌は、一条天皇の死の床《とこ》と「＊几帳《きちょう》」を隔てて控《ひか》えていた「中宮《ちゅうぐう》」彰子に宛《あ》てられたものとなる。その第二句は、『権記』の「風の宿り」とは異なり、「＊草の宿り」の形である。

＊皇后「定子」―行成の『権記』は、一条辞世の「御志」が「皇后」に寄せられたものであったことを明記する。定子は、正暦元年（九九〇）十月から長保二年（一〇〇〇）二月（二十五日彰子中宮、定子皇后）までの十年間、「中宮」として生

一条天皇の辞世は、十一年前、数え年二十四歳の若さで亡くなった定子が、自らの土葬を示唆《しさ》して詠んだ歌と呼応している。

煙《けぶり》*とも雲ともならぬ身なりとも草葉《くさば》の露をそれとながめよ

――(火葬の)煙にも雲にもなることのないこの身ですが、どうぞ草葉に置く露を、私の化身《けしん》としてながめてください。

はかなく消え失《う》せる類型としてではなく、その死後、永遠に、日ごと結びつづける「露」を詠みこみ、命のありようについて新しくとらえる。定子は、一瞬の煙として空のかなたに消え去る方法ではなく、ゆっくりと、その身を土に帰《かえ》すことを選んだ。残していく幼子《おさなご》たちと、彼らを庇護《ひご》する人々とを、同じくは京の地にあって、死後も末永《すえなが》く見守らんという意志による。

確かにその死後、一条天皇を支え、賢皇《けんこう》としての名を歴史に刻ましめたのは、定子のその心だった。

死に臨《のぞ》んで今、一条天皇の心を占めるのは、《この世に残していく》定子への思いだ。彼にとって定子はまさしく《生きて》いたのである。愛する人との永遠の別れを思って「悲しき」と結ぶ。この歌にこもる嘆きは、『長恨歌』の世界さながら、己《おのれ》の死という事実を超えて、壮絶《そうぜつ》かつ絶望的だ。

き、最後の十ヶ月間は「皇后」と称され、「皇后」として世を去った。

*几帳―室内を仕切り隔て、また人目を遮《さえぎ》るために用いるカーテン様の可動式調度。

*「草の宿り」の形―「露の身の草の宿りに君を置きて塵を出でぬることをこそ思へ」。この場合は、「草の宿り」のようなはかない世界に君を残して行くことが心残りだ、という意味。道長の記録通り、彰子に宛てた歌として理解されてきた。一条天皇の辞世歌は『新古今集』にとられ、『栄花物語』にも見えるが、歌句に異同がある。

*「煙とも」の歌―『栄花物語』「とりべ野」や、『後拾遺集』(異本)に、「夜もすがら」の歌(26)などとともに伝わる。

29

これぞこの人の引きけるあやめ草《ぐさ》むべこそ閨《ねや》のつまとなりけれ

【出典】和泉式部集・五二九　［和泉式部］

さあ、これこそは、人が求めて引き抜いた、あのうるわしい菖蒲草《あやめぐさ》です。なるほど、寝所《しんじょ》の軒端に葺かれるのも、もっともなことと思いますよ。

香り高い菖蒲草《あやめぐさ》は、邪気《じゃき》を払うものとして、端午の節句に家々の軒端《のきば》に葺《ふ》き飾られた。また、その長い根は、長寿の象徴として愛《め》でられ、長さを比べて歌を詠む「根合《ねあわせ》」なども催《もよお》された。

和泉式部《いずみしきぶ》は、手に入れた立派な菖蒲草を、清少納言になぞらえて詠み贈ったのである。軒の「つま」（軒端《のきば》）に、「妻」を掛ける。五月、「あやめ」*の季節の、恋の情趣《じょうしゅ》を踏まえながら、世に聞こえた清少納言の才知・才能を

【詞書】五月五日に、菖蒲の根を、清少納言に遣るとて（五月五日に、菖蒲の根を、清少納言に贈るということで、詠んだ歌）

*「あやめ」―『古今集』恋一の筆頭「ほととぎす鳴くやさつきのあやめ草あやめ

讃《たた》える歌と見る。『栄花物語』「とりべ野」などには、定子の晩年、貴公子たちを相手に、以前と変わらぬ様子で見事に応対する清少納言の姿が描きとられている。清少納言の返事は、こうだ。

閨ごとのつまに引かるる程よりは細く短きあやめ草かな

——そうは言っても、あの、引く手あまた、方々《ほうぼう》の御寝所に引き抜かれたのに比べたら、ずいぶん細くて短い菖蒲草のようですが？

「閨ごとのつまに引かるる」とは、和泉式部の恋多き人生とかけて言ったものだが、有名な親王兄弟*との恋愛事件も、彼女の文学的な技量や評価を抜きには考えられない。遠慮なく、和泉式部もまた言い返す。

さはしもぞ君は見るらんあやめ草ね見けん人に引き比べつつ

「根《ね》」に「寝」を掛けて、「そんなふうに見るのは、あなたが、経験豊富だからね」と、少々きわどいが、二人は承知《しょうち》の上のやり取りだ。

紫式部は、和泉式部とは「おもしろう書き交はした」（愉快《ゆかい》に手紙のやり取りをした）（『紫式部日記』）と言うが、やはり、「けしからぬ方《かた》こそあれ」（素行《そこう》に問題がある）と言って、決して褒《ほ》めては終わらない。本当に、これほど気がねなく、愉快に言い合えたかどうか。

も知らぬ恋もするかな」（ほととぎすが鳴く五月の菖蒲草の、その「あやめ」——道理もわからぬ恋をすることです）という歌などに象徴される。

＊親王兄弟との恋愛事件—時の二人の皇子、為尊《ためたか》親王と、その死後の、弟敦道《あつみち》親王との恋。和泉式部自身が日記（『和泉式部日記』）に綴るところである。

30

ちり積める言《こと》の葉《は》知れる君見ずはかき集めても甲斐《かひ》なからまし

【出典】範永集・一一〇［小馬命婦（母の草子）］

これまで、たくさん積み重ねられてきた言葉、それを深く知っているあなたに見てもらわないとしたら、たとえどんなに掻《か》き集め、書き集めてみても、甲斐がないことでしょう。

【詞書】返し（返歌）

清少納言には、息子と娘がいた。最初の夫橘則光《のりみつ》との間に生まれた息子則長《のりなが》と、その後再婚した藤原棟世《むねよ》*との間に生まれた娘小馬《こま》である。「小馬」は、女房名《な》として知られる。夫の則光と別れたあとも、息子則長のことは常に心にかけて見守っていた。恋愛沙汰《ざた》に関わって、陰ながら上手《じょうず》に助け船を出してやっていたり（『枕草子』「ある女房の、遠江の守の子なる人を」二九七段）、顔を見るのを

＊藤原棟世―生没年未詳。村上天皇の代の蔵人。のちに、筑前、山城、摂津等の守を歴任。清少納言の父天輔らと親交があった。

楽しみに待っていたりする姿がうかがわれる（11）。

これは、娘の小馬が、母の「草子《そうし》」について詠《よ》んだ歌である。藤原範永《のりなが》の家集に、次の贈答の形で入る。贈歌を範永、答歌を小馬とみる。

女院《にょういん》に候《さぶら》ふ清少納言が娘、こまが草子を借りて、返すとて
古《いにしへ》の世に散りにけん言の葉をかき集めけん人の心よ（範永）

返し
ちり積める言の葉知れる君見ずはかき集めても甲斐なからまし

小馬は、「女院」、上東門院《じょうとうもんいん》彰子《しょうし》のもとに命婦《みょうぶ》として出仕《しゅっし》していたようである。道長の長女彰子は、定子生前の長保二年（一〇〇〇）二月に十三歳で立后《りっこう》して「中宮」となり、その日から、定子は「皇后」と称されることになった。先例のない、一帝二后《いっていにこう》並立の事態である。彰子が出家して院号を得たのは万寿《まんじゅ》三年（一〇二七）正月のこと。一条天皇もすでに世を去って久しい（28参照）。

さて、歌の相手の範永は、当時、*後朱雀《ごすざく》・*後冷泉《ごれいぜい》朝の受領《ずりょう》・家司《けいし》層の歌人集団をリードした人物である。

そんな彼が、清少納言の娘から借り受けた「草子」は『枕草子』であったろうか。小馬の歌の「言の葉知れる君」というのが、歌人としての範永を讃《たた》

*後朱雀天皇―長元《ちょうげん》九年（一〇三六）即位、寛徳《かんとく》二年（一〇四五）退位。
*後冷泉天皇―寛徳二年即位、治暦《じりゃく》四年（一〇六八）退位。

えたものであるとすれば、「草子」は、やはり、歌の集と考えたほうがふさわしいかもしれない。母の家集、『清少納言集』である。

また、家集の始まりは、「ありとも知らぬに、紙三十枚に文《ふみ》を書きて」というものであった（19）。

ほかの伝本《でんぽん》（流布本《るふぼん》）では、初めに「言葉は破れて見えず、異本《ことほん》にて書くべし」（詞書《ことばがき》は、紙が破れていて読めない。ほかの本によって書くつもりだ）とあり、歌は、次の贈答歌から始まる。二首とも、元・蔵人《くろうど》に宛《あ》てた清少納言の歌として、すでに見た（01）。

言葉は破れて見えず、異本にて書くべし

言の葉はつゆ漏《も》るべくもなかりしを風に散り交《か》ふ花を聞くかな

――漏れるはずのない言葉…二人の間のお話が、噂《うわさ》として散り広まっているようですけれど？

返し

春も秋も知らぬ常磐《ときは》の山河《やまかは》は花吹く風を音《おと》にこそ聞け

――私などには無縁《むえん》の話です。それこそ噂としてしか知りませんよ。

大意《たいい》のみ解《と》いたが、状況の違いとともに、表現も少し異なっている。

しかし、「紙三十枚も手紙を書いた」という誇大《こだい》な内容の詞書も、最初に「言葉は破れて」と始まるこの形も、どこか物語的である。

「紙三十枚」分の言葉も散りやすく、右の〝花と散り交ふ言の葉〟も、ともに、過去に詠み交わされた言葉を書き集めて編まれる「家集」の書き出しとして、おもしろ味《み》がある。

清少納言の娘小馬と範永が詠み交わした歌にも、「言の葉」が詠みこまれている。範永が借り出した「草子」として、家集の冒頭と関わる言葉であるように思われる。

掲出《けいしゅつ》の都合もあり、順序は逆になったが、範永の贈歌について訳す。散った葉を掻き集めることに、書き集めることを掛ける。歌集の編纂《へんさん》や書写《しょしゃ》についても用いられる。

古の世に散りにけん言の葉をかき集めけん人の心よ

――古い昔、世間に散ってしまった言葉をこのようにかき集めた人の心よ、その思いよ。

彰子方に仕《つか》えながら、小馬は、互《たが》いに唯一無二《ゆいいつむに》の存在であった、その世の定子と母の絆《きずな》について、いかに思い秘めていたであろうか。

『枕草子』段数表示　対照表

『全集』　松尾聰・永井和子校注・訳『日本古典文学全集　枕草子』（小学館）
『新編全集』　松尾聰・永井和子校注・訳『新編日本古典文学全集　枕草子』（小学館）
『角川文庫』　石田穣二訳注『新版枕草子（上・下）』（角川ソフィア文庫）

＊本書における『枕草子』段数の表示は、『全集』による。

	『全集』	『新編全集』	『角川文庫』
「春はあけぼの」	一	一	一
「上に候ふ御猫は」	七	七	六
「生ひ先なく、まめやかに」	二一	二一	二一
「すさまじきもの」	二二	二三	二二
「憎きもの」	二五	二六	二五
「過ぎにし方恋しきもの」	三〇	二八	二七
「説経師は」	三九	三一	三〇
「蔵人おりたる人」	四〇	＊三一	＊三〇
「小白河といふ所は」	四二	三三	三二
「職の御曹司の立蔀のもとにて」	五七	四七	四六
「殿上の名対面こそ」	五八	五四	五三
「里は」	六六	六三	六二
「頭中将のそぞろなるそら言にて」	八六	七八	七八
「返る年の二月二十五日に」	八七	七九	七九
「里にまかでたるに」	八八	八〇	八〇
「上の御局の御簾の前にて」	九八	九〇	九〇
「妬きもの」	一〇〇	九一	九一
「五月の御精進のほど、職に」	一〇四	九五	九五

＊前段に含む

「中納言殿参らせたまひて」	一〇六	……九八	……九八
「二月つごもり、風いたく吹きて」	一一〇	……一〇二	……一〇二
「はづかしきもの」	一二八	……一二〇	……一二〇
「頭弁の、職に参りたまひて」	一三九	……一三〇	……一三一
「とりどころなきもの」	一四四	……一三五	……一三六
「故殿などおはしまさで、世の中に」	一四六	……一三七	……一三八
「うつくしきもの」	一五五	……一四五	……一四六
「苦しげなるもの」	一六一	……一五一	……一五二
「とくゆかしきもの」	一六三	……一五三	……一五四
「心もとなきもの」	一六四	……一五四	……一五五
「近くて遠きもの」	一七〇	……一六〇	……一六一
「遠くて近きもの」	一七一	……一六一	……一六二
「宮仕へ人の里なども」	一七八	……一七二	……一七四
「宮に初めて参りたるころ」	一八二	……一七七	……一七九
「陀羅尼は」	一九七	……二〇〇	……二〇二
「月のいと明かき夜」	二〇八	……二一六	……二一八
「細殿にびんなき人なむ、暁に傘させて」	二一五	……二二二	……二二四
「四条の宮におはしますころ」	二一六	……二二三	……二二五
「河は」	二二二	……六〇	……五九
「月は」	二二八	……二三五	……二三八
「ただ過ぎに過ぐるもの」	二四五	……二四二	……二四五
「関白殿、二月十日のほどに」	二五六	……二六〇	……二六三
「常に文おこする人」	二七二	……二七五	……二七八
「雪のいと高く降りたるを」	二七八	……二八〇	……二八四
「十二月二十四日、宮の御仏名の初夜」	二八二	……二八三	……二八七
「宮仕へする人々の出で集まりて」	二八三	……二八四	……二八八
「ある女房の、遠江の守の子なる人を」	二九七	……二九六	……三〇〇
「わが心にもめでたく思ふことを、人に」	三二三	……(跋文)	……(跋文)

歌人略伝

清少納言は、一条天皇の中宮、藤原定子の後宮に仕《つか》えた女房。「少納言」とは、側近的職《しょく》掌《しょう》であるが、自負とともに、この呼称への思い入れは深かった。前代に類を見ない随想の文学『枕草子』の作者。定子との対面は、正暦《しょうりゃく》五年（九九四）初春のこととおぼしい。若き主《あるじ》はその時まだ十八歳、清少納言の生年は不明だが、二十九歳ほどになっていたか。父清原元輔五十九歳、康保《こうほう》三年（九六六）ごろの生まれと推定されている。主従出会いの日から、定子が第三子の出産により、皇后として二十四歳で世を去る長保二年（一〇〇〇）十二月十六日まで、ほぼ七年、早過ぎる別れであった。清少納言は、この間《かん》、明から暗へ激しく転じた主家と命運をともにし、定子の死後は宮中を去った。『枕草子』は、定子の兄弟と叔父道長が覇権を争った「長徳の変」の渦中に初めて世間に流布し、定子の死後に加筆され跋文を添えて完成した。『百人一首』に深養父、元輔、清少納言と、三代の歌を残す家系の誉《ほま》れは高く、稀《まれ》に見る才能に恵まれたが、清少納言は、「歌人」元輔の娘として、新しい文学分野の開拓者となった。詠歌は、『後拾遺和歌集』以降の勅撰集にとられている。晩年は東山の月の輪山荘など、父ゆかりの地に暮らし、和泉式部や赤染衛門らとも交流した。家集には、辞去後の思いを述べた懐旧《かいきゅう》色の濃い歌がある。その他、残された歌から、夫や子ども、友人や恋人などとの関係についてうかがうことができる。橘則光との間に息子則長、藤原棟世との間には、後に上東門院彰子（一条天皇の中宮、道長の娘）に出仕した娘小馬がいる。

略年譜

※清少納言の正確な生没年は、不明である。

年号	西暦	年齢	清少納言の事跡	歴史事跡
康保　三	九六六	1	この頃誕生か（父は清原元輔）	
四	九六七	2		村上天皇崩御
安和《あんな》　二	九六九	4		安和の変
天元《てんげん》　五	九八二	17	この頃橘則光（18）と結婚し、息子則長誕生	
寛和《かんな》　二	九八六	21	六月、小白河の法華八講を聴聞	一条天皇即位（7）
正暦　元	九九〇	25	父元輔、任国肥後に没す（83）	定子立后《りっこう》、中宮（14）
二	九九一	26		円融法皇崩御
四	九九三	28	晩冬（歳暮）、定子後宮へ出仕	
五	九九四	29	新春、定子と対面し、二月の積善寺供養や、十一月の豊明節《とよのあかりのせち》会《え》などの盛儀に出仕	関白道隆、積善寺供養定子、豊明節会に五節《ごせち》の舞姫を献上する
長徳　元	九九五	30	清涼殿の上の御局や、梅壺などで定子に奉仕	関白道隆没（43）藤原実方、陸奥赴任

	二	九九六	31	二月、梅壺で藤原斉信と対座 秋頃、長期の里居に入る 初期の『枕草子』流布、再出仕	伊周・隆家不敬事件 定子、職曹司へ移る 定子落飾、兄弟左遷 定子、皇女脩子出産
	三	九九七	32	職曹司中心に、定子のもとで活躍	伊周・隆家兄弟帰京
	四	九九八	33	端午節のほととぎす探訪と、詠歌御免	
長保	元	九九九	34	一月、定子の入内《じゅだい》に奉仕	定子、皇子敦康出産
	二	一〇〇〇	35	今内裏で定子に奉仕 端午節、定子に菓子を献上する 定子崩御後、『枕草子』の加筆作業 まもなく、宮仕えを辞去	彰子立后、中宮（13）、定子皇后 十二月、定子、皇女媄子出産、崩御（24）
寛弘	五	一〇〇八	43	（辞去後は、再婚した藤原棟世の任国摂津に下る）	『源氏物語』製本作業 彰子、敦成出産
	八	一〇一〇	45	（晩年は、元輔ゆかりの月の輪で暮らす） （のちに娘小馬、女院彰子に出仕）	一条天皇崩御（32） 彰子所生敦成、立太子 三条天皇即位

解説　「時代を越えた新しい表現者　清少納言」——圷美奈子

はじめに　清少納言自身の作として残された歌の数は、そう多くない。一番有名な歌は、やはり、『百人一首』に選ばれた、「夜を籠めて鳥のそら音ははかるとも世に逢坂の関はゆるさじ」であろう。これは、相手からの返事の歌（返歌）もあわせて読むと、おもしろいところなのだ。本書でも、この歌については、特別に頁《ページ》を割《さ》いて、新しい解釈を示した（22）。

清少納言の歌は、そのほとんどが日常の場面で詠まれたものである。個人歌集（家集）には、清少納言に宛てて詠まれた他人の歌も多く入っている。どこか哲学的な、清少納言自身の独詠《どくえい》もある。また、ほかの歌人の集に伝わる歌も幾つか確認されている。家集の中には、直接関わりのない人物の詠も見えるが、清少納言の人生やその表現に照らして、まったく異質のものとも言い切れない。

清少納言の歌作りについて知るには、『枕草子』が多くの材料を提供してくれる。歌物語といえば『伊勢物語』だが、和歌や秀句《すく》（機知的な言葉）を中核とする『枕草子』の日記的章段は、実録歌物語といったところである。日常の中で、それぞれかけがえのない表現が生まれる瞬間を、鮮やかに描き取っている。一つの和歌、一つの言葉が、人間関係の中でいかなる影響や変化をもたらすか、歌の働きや、言葉の力というものがよくわかる。歌人として——というより、表現者としての清少納言の実像に迫るには、『枕草子』中の言葉や和歌の解釈が重要である。

歌の特徴 家集の歌のテーマは、恋愛におけるさまざまな局面、旅の別れの場面における感慨、子を思う心など、多岐《たき》にわたっている。宮仕えの体験に基づく和歌も集められ、一条天皇や中宮定子の存在にも触れている。清少納言の宮仕えのまだ初期に、陸奥へ退いた実方（13参照）の名も見える。

また、次のような歌もある。

忘《わす》るなよ世々《よよ》と契《ちぎ》りし呉竹《くれたけ》の節《ふし》を隔《へだ》つる数《かず》にぞありける（清少納言集・一三）

（「いつまでもいつまでも、忘れないでおくれ」と、あなたが、夜ごと誓ったことは、呉竹の節を隔てる数ほどの、本当にちっぽけなものだったのですね。）

流布本の詞書によると、「何年経《た》とうと、きっときっと、忘れないで」と言い置いて去った男が、四ヶ月目に帰って来て、呉竹に付けた文《ふみ》を寄越したことになっている。まことに疑わしい音信不通の月日だ。

現世《げんせ》も来世《らいせ》もという「世々」に、「夜々」が掛かり、さらに呉竹の縁語「節《よ》」に繋《つな》がっていく。竹や葦《あし》の茎《くき》の節を「よ」と言うが、恋の歌によく用いられて、「世」や「夜」と掛けて詠んだ。上の句から下の句へ、縁語や掛詞で見事に言い継《つ》いで、いかにも清少納言らしく、機知的で冴《さ》えた詠みぶりだ。しかも、上の句から下の句への展開には意外性がある。

家集の歌の多くが、構造として二律背反《にりつはいはん》的だということに気づく。互いに矛盾し、対立する二つのものごとが同時に存在する形である。清少納言にとって、和歌の詩形とは、一つの景色、一つの思いに統合されない、心の奥の真実をとらえるための三十一文字《みそひともじ》であった。

涙と『枕』 本書では、家集から歌を選んで「言の葉」「涙」「恋」「旅」など、新しく見出しを付けたが、『枕草子』におけるモチーフとよく重なるものもある。例えば、「涙」の歌について、『枕草子』の跋文（あとがき）には、『古今和歌集』の「枕よりまた知る人もなき恋を涙せきあへずもらしつるかな」（恋三・平貞文）による表現がある。——枕のほかには誰も知らない秘めた恋の思いが、こらえ切れぬ涙とともに、世間に漏れ出てしまいました、という歌だ。『枕草子』が世に広まったことに触れて述べた部分で、書名の「枕」にふさわしい引用になっている（「わが心にもめでたく思ふことを、人に語り」三一三段・長跋）。

……いとよく隠し置きたりと思ひしを、涙せきあへずこそなりにけれ。

（ちゃんとよく隠して置いたと思っていたのに、それこそ「涙、こらえ切れず…」というように、思いがけず、世間に流布することになってしまった。）

当時、枕のように部厚い草子（本）のことを、「枕草子（まくらそうし）」と言った。あるとき、白紙の草子が、兄伊周から定子に捧げられた。この時代、それはたいへん贅沢《ぜいたく》な贈り物であった。定子は、それに何を書いたらよいか、清少納言に尋ねたのであった。同じものは一条天皇にも献上されて、すでに、中国の『史記』をお書きになっていた。帝王学の教科書とも言うべき史書である。さて、白紙の草子を前にして、清少納言は、「それこそ、枕！」と申し上げ、書くということの自由（全権）ごと、それを頂戴することになったのである。「草子」と掛けて、「枕」と解く、「枕草子」という言葉を利用した清少納言の答え「枕！」

の意味は、「今すぐ使えて（願わくはわが手で…）、内容未定の作品」ということであった。例えば『古今和歌集』や何か、これまでの作品を写したり、模倣《もほう》したりするのではない、全く新しい文学の創出を提案するものである。この瞬間に、いまだ一文字も書かれざる、未知の作品、『枕草子』の名が決まった。清少納言の「枕」の完成は、定子自身の望みでもあった（26参照）。

『紫式部日記』によれば、紫式部が、自室に隠しておいた『源氏物語』の原本は、すべて道長に持ち出されてしまったそうだが、どことなく、『枕草子』の流布の件《くだり》にも似た話だ。

歌を越えて　『枕草子』の話の中には、歌そのものではないが、歌の言葉（歌語《かご》）が効果的に用いられている。日常会話の中で、歌の言葉をいかに見事に使いこなしていたか、それを知る材料を多く提供する点でも、『枕草子』は貴重な作品と言える。ひとたび、ある和歌の文脈の中に取り込まれた言葉は、その和歌を離れても働く、特別な力を持つようになる。

例えば、政変（09参照）のころ、ひとり孤独に耐える清少納言の憂いを吹き払ったのは、山吹の花びらに定子が直接したためた「いはでおもふぞ」の一句だった（20参照。「故殿などおはしまさで」一四六段）。

ほかに、出逢いのころ、局《つぼね》に下がろうとする清少納言を引きとめて、定子がかけた言葉「葛城《かづらき》の神も、しばし（少し待て）」も忘れられない（「宮に初めて参りたるころ」一八二段）。「葛城の神」は、和歌では、恥らう恋人の呼称である。弟隆家から定子への、大切な贈り物（扇）は、清少納言のひらめきによって、「くらげの骨」の実物として讃えられることになった（「中納言殿参らせたまひて」一〇六段）。「くらげの骨」は、和歌では、「奇跡」の比喩として用いられる言葉である。あるときは、ただ一言「水増す雨の」と書いてあった手紙が清少納言の胸を打った。「水増す雨」とは、「涙の雨で水かさが増す」人の心そのものである。男の短い言葉には、使い古された和歌の修辞（テクニック）としてではない、真実がこもる（「常に文おこする人」二七二段）。これらはみな、もとは歌の言葉である。歌の紹介を目的とする本書では取り上げられなかった例だが、ぜひ、『枕草子』をひもといて、味わってほしいと思う。

清少納言は、歌人元輔の娘にして、詠歌御免《えいかごめん》（歌を詠まなくてよいというお許し）を賜《たまわ》り、随筆文学の魁《さきがけ》となる散文作品、『枕草子』を世に残した人である。和歌的類型の枠内には収まりきれない感覚をもって、新しい文章の創造に向かったのだ。彼女の和歌について考えるときに、「五・七・五・七・七」に整った形だけ見ていたのでは不足である。本書のためには、『枕草子』中に見られる表現や内容にも目を配って解説したが、これまであまり注目されてこなかった『清少納言集』の和歌について、新しい角度から読み解くことになった。

時代を越えて　清少納言は、王朝の世の都の奥深く、現代から見れば、実に特殊な世界にあって、『枕草子』という、時代を越えて読み継がれる、普遍的な意味を持つ作品を書き残した。思うまま〈感覚的〉に書きつけたように見えながら、千年の時の洗礼に耐えてきたとすれば、そこには驚くべき才能と技術が秘められていることを認めるしかないだろう。

藤原定家による『百人一首』の構想も、実は、兼好法師の『徒然草』より早く、『枕草子』にオマージュを捧げたものとも見えるのである。秋の歌に始まって次は初夏、恋の歌が来て、次が冬。配列の美を捨てて、雑纂《ざっさん》（シャッフル）型の論理を選び取った定家の前には、日記や随想や類聚《るいじゅう》（物事・名称の列挙）など、さまざまなジャンル、スタイルの文章が混在する形の『枕草子』があった。それぞれの事件は、時間の流れや因果関係によって規定されたり評価されたりせず、人の心と言葉において互いに共鳴し合って一つの世界を形作っている。ここで、因果関係とは、勝者対敗者の図式で描かれる、単線的《たんせんてき》な歴史観のことだ。仕えた一族の栄華《えいが》と凋落《ちょうらく》の転換があまりにも劇的なものであったため、美しいものを美しいと言い、喜びを喜びとして記す『枕草子』の証言は――それゆえ、もっとも価値あるものでもあるのだが――そのまま素直に受け止められず、誤解された時期も長かった。先入観を捨てて『枕草子』の文章と向き合うとき、私たちは、遠く万葉の昔から現代に至る日本人の生活をつなぐ、大切な一時代の文化を、確かに実感することができる。「端午節」のルーツや現代における行事の意義などもその一つだ（25）。特に、女性たちの手によって優れた多くの作品が執筆されたその時代、人々は、主体的に生きるすべを模索《もさく》し、新しい文化の創造に力を尽くしていた。

例えば、一つの宗教の経典は、人間の存在を越えて、絶対的なものであろうか。

陀羅尼《だらに》は、暁《あかつき》。読経《どきょう》は、夕暮れ。（二九七段）

清少納言は、それを鳥の声や、風の音、虫の音《ね》などのごとく、暁と夕暮れの二つの時間帯に、大胆に振り分けてみせた。仏の教えも、人の声として表わされてはじめて、自然の中に調和するものとなる。その意味でこそ〈超越的〉な響きともなるのだ。こうした思索は、家集の歌にも見て取れる。清少納言は、当代の専門的な歌人ではなかったが、時代を越えた新しい表現者として、今この時代にこそ、じっくりと味読《みどく》すべき歌を残していると言えるだろう。

読書案内

『清少納言集　宮内庁書陵部蔵』岸上慎二　笠間書院　一九七二
宮内庁書陵部蔵「清少納言集」の流布本と異本の影印《えいいん》（写真版）。編者岸上慎二による解題「清少納言集について」と翻刻《ほんこく》は、清少納言集研究の基礎を成すものとして重要。

『清少納言歌集　解釈と評論』萩谷朴　笠間書院　一九八六
清少納言に関わる詠歌を網羅《もうら》し、諸本比較のもと、詳細に読みこんだ注釈書。

『賀茂保徳女集・赤染衛門集・清少納言集・紫式部集・藤三位集』（和歌文学大系20）佐藤雅代（清少納言集）ほか　明治書院　二〇〇〇
和歌的類型に基づく解釈ながら、「補注」や「解説」には独自の読みも示される。

〇

『清少納言』（人物叢書）岸上慎二　吉川弘文館　一九六二
『枕草子伝記攷』（新生社）の著者による清少納言の伝記入門書。必読書の一つ。

『清少納言』村井順　笠間書院　一九七七
『枕草子・その自然』『清少納言をめぐる人々』とともに、『枕草子』と清少納言に関する著者の三部作。この本の最終章（「清少納言集」について）に独自の解釈を展開する。

『清少納言』萩野敦子　勉誠出版　二〇〇四
「評伝　清少納言」として、清少納言の和歌に対する目配りが細やかな一書。

『清少納言と紫式部　その対比論序説』宮崎荘平　朝文社　一九九三
毀誉褒貶《きよほうへん》を受けつづけた清少納言像について、時代の風潮とともに整理する。『清少納言〝受難〟の近代「新しい女」の季節に遭遇して』（新典社新書　二〇〇九）もある。

○

『杉本苑子の枕草子』（わたしの古典）　杉本苑子　集英社　一九八六
『枕草子』の魅力的な章段を多く選んだ現代語訳として親しみやすい。文庫版あり。
『枕草子　女房たちの世界』谷川良子　日本エディタースクール出版部　一九九二
初学者向けだが、重要章段を中心に、『枕草子』の全体像の把握に役立つ。
『枕草子〔能因本〕』松尾聡・永井和子　笠間書院　二〇〇八
絶版本『日本古典文学全集　枕草子』（小学館）の内容が、手に取りやすい形で蘇《よみがえ》る。

○

『幻想枕草子　定子皇后』下玉利百合子　思文閣
『枕草子周辺論』（笠間書院）に先立つ、詩情溢《あふ》れる一書。清少納言の心に寄り添う。
『むかし・あけぼの　小説枕草子』田辺聖子　角川書店　一九八三
著者ならではの深い洞察によって『枕草子』の世界を小説化。文庫版あり。

○

『新しい枕草子論　主題・手法 そして本文』圷美奈子　新典社　二〇〇四
政変をどう描いたかなど、『枕草子』と清少納言像について新しく読み解く。『王朝文学論　古典作品の新しい解釈』（新典社　二〇〇九）にも和歌や章段の新しい解釈を示す。

【付録エッセイ】

宮詣でと寺詣り（抄）

田中澄江『古典の旅3　枕草子』（講談社　昭和六十四年）

田中　澄江

「枕草子」の中には、しばしば神社や寺に詣る清少納言があらわれる。

一番近いのは、東山の二十七峯の清水山の山腹にある清水寺《きよみずでら》である。

清水山は音羽《おとわ》山ともよばれていて二四三メートル。京都駅から三キロという現在の距離は、清少納言の頃の御所から清水寺へゆくよりも近いと思う。

もしも清女がしばしば清水詣りをするというなら、父の清原元輔の別荘が、泉涌寺《せんにゅうじ》のある東山三十三峯の泉山、一名を月輪山《つきのわやま》とよぶその麓にあったというから、この邸を出発点にしたのではないかと思う。

泉涌寺は、京の町のひとからみてらとよばれる。創建は古く、大同二年（八〇七）に弘法大師が法輪寺と名づけて建立したのを、斉衡二年（八五五）に神修上人が、東山連峯の外れで眺望もよいところから仙遊寺とし、さらに鎌倉時代になって、順徳天皇の健保六年（一二一八）に寺の境内から清水が涌き出したので、泉涌寺になったのだという。

みてらという崇敬の念をこめて呼ばれるのは、皇室との関係が深く、背後の山腹が月輪陵となって、後堀河天皇をはじめとする鎌倉時代から足利幕府にかけて、江戸時代に入って、後水尾《ごみずのお》天皇以下光格《こうかく》、仁孝《にんこう》、孝明《こうめい》天皇に至る天皇皇后方の陵墓《りょうぼ》が多いせいであろう。度々の火災にあうごとに、寺の復興にさいし、御所の仏間や皇后のお里御殿が移築されているので、泉涌寺の部屋部屋に、御所の内部を拝見するような興味が湧く。

私が京にいって幾度かこの泉涌寺を訪れているのは、この境内に、国文学者角田文衛《つのだぶんえい》氏を中心として清少納言の顕彰碑が立てられていることで、このあたりが、清少納言にゆかりのある土地だということがわかり、平安の昔から生えていたかしらと一木一草にも感慨をこめ、あたりの山々や林や道を眺めて感慨にふけることが出来るからである。境内を左折して塔頭《たっちゅう》の一つの今熊野の観音にゆけば、ここは観音巡り西国三十三所の札所の十五番である。

泉涌寺の境内も木立の茂みが深くて閑寂だが、今熊野へゆく道も、かつて赤穂四十七士の筆頭となった大石内蔵助《おおいしくらのすけ》が、叔父を頼って隠れ棲《す》んでいたという塔頭などがあり、流れに沿う谷の道は、京の町中とも思えぬ深山の趣《おもむき》があってなかなか捨て難い。この道ももしかして清少納言が歩いて登り、下ったりしたのではないかと壺装束の彼女の面影をしのびながら朱塗りの橋をわたると、爪先登りの杉木立の中の道となって、創建の主であるという弘法大師の大きな像の前に出る。

今熊野と言う名は、弘法大師がこの道で、一人の老翁から十一面観音像を授けられ、自分は「熊野権現《くまのごんげん》」であると名乗られたという伝説による。

札所の一番は、熊野の青岸渡寺《せいがんとじ》である。この寺も再度訪れ、客殿の前の那智《なち》山の緑をわけて一三三メートルの長さをたぎち下る那智の滝の雄大さに圧倒された。藤原兼家一族の謀略によって落飾された花山法皇は、心ならずも即位二年で退位させられた悩みに、しばらくは御心の鎮《しず》まるときもなかったが、播州《ばんしゅう》の書写山《しょしゃざん》の性空《しょうくう》上人の導きを受け、大和の長谷《はせ》寺の徳道上人が霊夢によって、三十三ヵ所の観音霊場を開き、そのあとが絶えているのを、復興させようとして、この那智山に三年もこもられ、青岸渡寺を第一番として、紀三井寺《きみいでら》、粉河寺《こかわでら》、壺坂《つぼさか》寺、岡寺、長谷寺、石山《いしやま》寺、三井寺、番外として元慶寺、今熊野、清水寺、六波羅《ろくはら》蜜寺《みつじ》をふくむ、第三十三番の美濃の谷汲山華厳寺に至るまで寺々を巡礼して歩かれたという。

花山法皇の出家の原因は寵妃《ちょうひ》の死であり、その後も愛する姫とのことで、藤原伊周、隆家の失脚の原因をつくるというような、いかにも人間の弱さもろさを露呈した事件をおこしておられるけれど、そのあとの法皇の御事蹟は、すばらしかったと思う。

清少納言の耳にも当然これらの風評は届いており、彼女の観音信仰の思いをかきたてるよすがになったであろうと思われ、休憩所でおいしい甘酒を飲みながら、谷の緑の茂みを越えて、眼の下にひろがる京都市内を清女も眺めたであろうかと思いつつ見た。

この境内を北に過ぎて坂を下ると、右に山科《やましな》へと抜ける滑石越《すべりいしごえ》の山道があり、右側の山腹に墓石が点々と並んでいて、月輪山と、清水山を結ぶ一帯が、鳥辺野《とりべの》と呼ばれる京都の風葬の地であったことを思い出させる。今でも大雨の降ったあとなどで、石かと思えば昔の骨であったというようなこともあるよし。京都には、北に蓮台野《れんだいの》、西に化野《あだしの》という風葬の地があり、一々墓石は立てず、遺体は軽く土を掘って葬られたというから、雨の夜などは人魂も飛んだであろう。

一五段の「峰は」の中にあげられた三十一峯の阿弥陀ヶ峰は、今、頂きに近く豊臣秀吉の豊国廟があるけれど、平安の頃は一名鳥辺山と呼ばれていた。杉木立の中を、山科への道をしばらく行って左の山路を辿ると、「鳥辺野陵」という宮内庁の標識が立ち、カシやコナラやスギなどの疎林《そりん》の中に、六人の高貴の女人たちの陵という、小高い土盛りがあった。石垣からのび上ってみれば少し見える。その女人たちの中に、清女が渇仰してやまなかった藤原定子に並んで、定子や伊周、隆家をいじめて止まなかった藤原詮子の名がある。始めてこの御陵にいった時は、清水寺まで山続きに歩いて見よう、地図を辿《たど》れば、三キロぐらいだからと、落葉の降り積った道をヘビの出現に脅《おび》えながら歩き出し、偶然にこの標識にであって全くおどろかされた。霊となれば、この嫁としての姪をいじめ抜いた詮子の君も、仲よく定子皇后のおそばに眠っておられると感無量の思いで。その後再度いった時はもう、宮内庁の名で、刺のある針金がわたされ、山道は歩けず、清水に向う山裾の道につくられた立派な石段を登ってゆかなければならぬことになっていた。

この御陵の前に立つと、京都の町並みをこえて遠く北山から西山につづく丘が見える。薄幸の定子をいとおしみ、肩そぎの尼になられたのをかまわず、もう一度宮中にとよび返された一条天皇の御陵はそれらの丘のどこかにあるはず。いつか詣って見よう。一条天皇はそのなくなられるとき、定子の陵とむかいあう場所を指定されたのではないかと思った。

清水寺までの道は、かつては、山裾を、一方は深い谷をつくって、山の形のままに曲りくねりしながら、一本道として通じていたのだと思うけれど、今はところどころ竹藪などを残しながらも、家々や京都女子大学などの建て物によって分断され、なおかつ東山ドライヴウェイという大きな道が横切っている。

定子は長保二年（一〇〇〇）十二月に出産で死んだが、大進《だいじん》生昌の邸から出棺したのであろうか。一度二条の邸にもどったのであろうか。金の金具で飾られた立派な柩《ひつぎ》は、白々と雪の積もった道を、定子と同じように薄幸を嘆く兄弟たちの涙と共に、悲しい轍《わだち》の音をひびかせながら、この丘の裾の道を進んでいったのである。

ドライヴウェイをわたり、鳥辺野の延長の一大墓地群ともいうべき墓域に入ってしばらくゆくと、坂上田村麻呂が娘の安産を願って建てたという子安塔が左手に、前方に清水寺の舞台造の本堂の大屋根が見えてくる。道は下りになって、本堂の西側の三重塔もあらわれて、清水寺は、西からの清水坂を上ってゆくよりは、南からの眺めの方がずっとよいことがわかる。いつかの秋はこの道にカルカヤが茂っていて、清女が六七段の「草の花は」の中にあげていることを思い出した。春に歩いた墓地には、六六段（筆者注「草は」）にあるカタバミ、ヨモギ、ヤエムグラがいっぱいあった。

観音信仰は、花山法皇の三十三ヵ所の観音詣りと共に普及し、困った時にはいろいろに姿を変えて助けてくれるありがたい仏として、平安時代には上下のひとびとの間に流行した。一二〇段（筆者注「正月寺に籠もりたるは」）には、正月の雪まじりの氷雨の降る日に清水寺にこもっていて、坊さんたちが信徒たちの世話をする様子や、家族づれで来て、それぞれの願いごとをするもので賑わっている光景を書き、二月三月と参詣客が絶えないと言っているけれど、私も十代の修学旅行から、戦後に京都へ住むようになって、又、特に清少納言が、月輪山の麓から三キロほどを、歩くか、又、車を利用してか、やって来た姿を思いつつ、春に秋に訪れ、春は舞台の下の谷を埋めるヤマザクラの盛りをよろこび、秋はサクラに代ってカエデの紅葉が陽に映えて美しいのに感嘆した。

数年前の秋の終りに近く、烏丸《からすま》通りのホテルをまだ暗い朝の五時にタクシーで出発して十五分ほど、清水坂の途中に車を待たせて、仁王《におう》門を過ぎ、三重塔、経堂、坂上田村麻呂との縁を示す田村堂のほとりをゆくうちに、東の空がようよう明らんで来て、「春はあけぼの」ではなく「秋のあけぼの」の山々の姿がくっきりと紺いろに浮んで来たのをいい気持で眺めいって日の出を待ったが、おどろいたのは、この肌寒い朝のまだ本堂に灯も入らぬうちから、釈迦《しやか》堂、阿弥陀《あみだ》堂、奥の院には、ロウソクの灯が明々と灯《とも》り、お経を唱えるひと、お百度を踏んで、堂の廻りをぐるぐる歩いているひとが男や女の何人もいて、堂の下の石垣のところから落下する音羽滝では、白衣の一枚で水垢離《みずごり》をとる男のひとが二人もいたことである。

観音信仰は、千年以上も昔から今もひとびとの間に生きていることを知って感動した。清少納言も水垢離はとらなくても、この滝の水は飲んだであろうとも思った。東山三十六峯は、二億年近い昔の地質のあとを残し、沈降と隆起をくりかえしている。滝は異なった地層の間から地下水が流れ出たものであろう。竹の柄杓《ひしやく》に受けて口にふくんで見た。あまり冷くなかったがおいしかった。水道の水とは逆に冬にむかって自然の湧水はあたたかくなるのだと改めて思い、灯籠に灯の入った本堂にむかって石段を上ってくると、六時をすぎて山ぎわに太陽の光が射しこみ、谷のカエデが一せいに逆光線で緋《ひ》に燃えたち、ああ清少納言の好きな色！　と思い、清少納言はこの紅葉の緋に映えるのを見たくてきっと秋の終りにはよく清水寺に詣ったであろう、観音に手を合せてわが子則長、わが女君定子に仕合せがありますようにと祈ったであろうと思った。

（以下略）

圷美奈子（あくつ・みなこ）
＊1967年茨城県生。
＊日本大学大学院文学研究科国文学専攻博士後期課程修了、博士（文学）。
＊主要著書
『新しい枕草子論　主題・手法 そして本文』（新典社）
『王朝文学論　古典作品の新しい解釈』（新典社）
「一条天皇の辞世歌「風の宿り」に君を置きて―「皇后」定子に寄せられた《御志》―」（津田博幸編『〈源氏物語〉の生成―古代から読む―』武蔵野書院）

清少納言《せいしようなごん》　コレクション日本歌人選　007

2011年5月25日　初版第1刷発行
2015年8月20日　初版第2刷発行

著者　圷　美奈子
監修　和歌文学会

装幀　芦澤　泰偉
発行者　池田　圭子
発行所　有限会社　笠間書院
東京都千代田区猿楽町2-2-3［〒101-0064］
電話　03-3295-1331　FAX　03-3294-0996

NDC分類 911.08

ISBN978-4-305-70607-2 印刷／製本：シナノ
乱丁・落丁本はお取り替えいたします。　（本文用紙：中性紙使用）
出版目録は上記住所または info@kasamashoin.co.jp まで。

コレクション日本歌人選　第Ⅰ期～第Ⅲ期　全60冊完結！

第Ⅰ期　20冊　2011年（平23）2月配本開始

1	柿本人麻呂	かきのもとのひとまろ	高松寿夫
2	山上憶良	やまのうえのおくら	辰巳正明
3	小野小町	おののこまち	大塚英子
4	在原業平	ありわらのなりひら	中野方子
5	紀貫之	きのつらゆき	田中登
6	和泉式部	いずみしきぶ	高木和子
7	清少納言	せいしょうなごん	圷美奈子
8	源氏物語の和歌	げんじものがたりのわか	高野晴代
9	相模	さがみ	武田早苗
10	式子内親王	しょくしないしんのう（しきしないしんのう）	平井啓子
11	藤原定家	ふじわらていか（さだいえ）	村尾誠一
12	伏見院	ふしみいん	阿尾あすか
13	兼好法師	けんこうほうし	丸山陽子
14	戦国武将の歌		綿抜豊昭
15	良寛	りょうかん	佐々木隆
16	香川景樹	かがわかげき	岡本聡
17	北原白秋	きたはらはくしゅう	國生雅子
18	斎藤茂吉	さいとうもきち	小倉真理子
19	塚本邦雄	つかもとくにお	島内景二
20	辞世の歌		松村雄二

第Ⅱ期　20冊　2011年（平23）10月配本開始

21	額田王と初期万葉歌人	ぬかたのおおきみ　しょきまんようかじん	梶川信行
22	東歌・防人歌	あずまうた　さきもりうた	近藤信義
23	伊勢	いせ	中島輝賢
24	忠岑と躬恒	みぶのただみね　おおしこうちのみつね	青木太朗
25	今様	いまよう	植木朝子
26	飛鳥井雅経と藤原秀能	まさつね　ひでよし	稲葉美樹
27	藤原良経	ふじわらのよしつね（りょうけい）	小山順子
28	後鳥羽院	ごとばいん	吉野朋美
29	二条為氏と為世	にじょうためうじ　ためよ	日比野浩信
30	永福門院	えいふくもんいん（ようふくもんいん）	小林守
31	頓阿	とんな（とんあ）	小林大輔
32	松永貞徳と烏丸光広	ていとく　みつひろ	高梨素子
33	細川幽斎	ほそかわゆうさい	加藤弓枝
34	芭蕉	ばしょう	伊藤善隆
35	石川啄木	いしかわたくぼく	河野有時
36	正岡子規	まさおかしき	矢羽勝幸
37	漱石の俳句・漢詩		神山睦美
38	若山牧水	わかやまぼくすい	見尾久美恵
39	与謝野晶子	よさのあきこ	入江春行
40	寺山修司	てらやましゅうじ	葉名尻竜一

第Ⅲ期　20冊　2012年（平24）6月配本開始

41	大伴旅人	おおとものたびと	中嶋真也
42	大伴家持	おおとものやかもち	小野寛
43	菅原道真	すがわらのみちざね	佐藤信一
44	紫式部	むらさきしきぶ	植田恭代
45	能因	のういん	高重久美
46	源俊頼	みなもとのとしより（しゅんらい）	高野瀬恵子
47	源平の武将歌人		上宇都ゆりほ
48	西行	さいぎょう	橋本美香
49	鴨長明と寂蓮	ちょうめい　じゃくれん	小林一彦
50	俊成卿女と宮内卿	しゅんぜい　きょうじょ　くないきょう	近藤香
51	源実朝	みなもとのさねとも	三木麻子
52	藤原為家	ふじわらためいえ	佐藤恒雄
53	京極為兼	きょうごくためかね	石澤一志
54	正徹と心敬	しょうてつ　しんけい	伊藤伸江
55	三条西実隆	さんじょうにし　さねたか	豊田恵子
56	おもろさうし		島村幸一
57	木下長嘯子	きのした　ちょうしょうし	大内瑞恵
58	本居宣長	もとおりのりなが	山下久夫
59	僧侶の歌	そうりょのうた	小池一行
60	アイヌ神謡ユーカラ		篠原昌彦

『コレクション日本歌人選』編集委員（和歌文学会）

松村雄二（代表）・田中　登・稲田利徳・小池一行・長崎　健